中公文庫

呉漢（上）

宮城谷昌光

中央公論新社

呉漢（上）　目次

小石と黄金……11
安衆侯の乱……31
横ながし……51
祇登の正体……71
亭長就任……91
家と田……110
青い気柱……130
連　座……150
大飢饉……169
初秋の風……189

河北の人々……209
安楽県令……229
河北の春……248
仇討ち……267
突騎の遠征……286
南下軍……305
大将軍……324

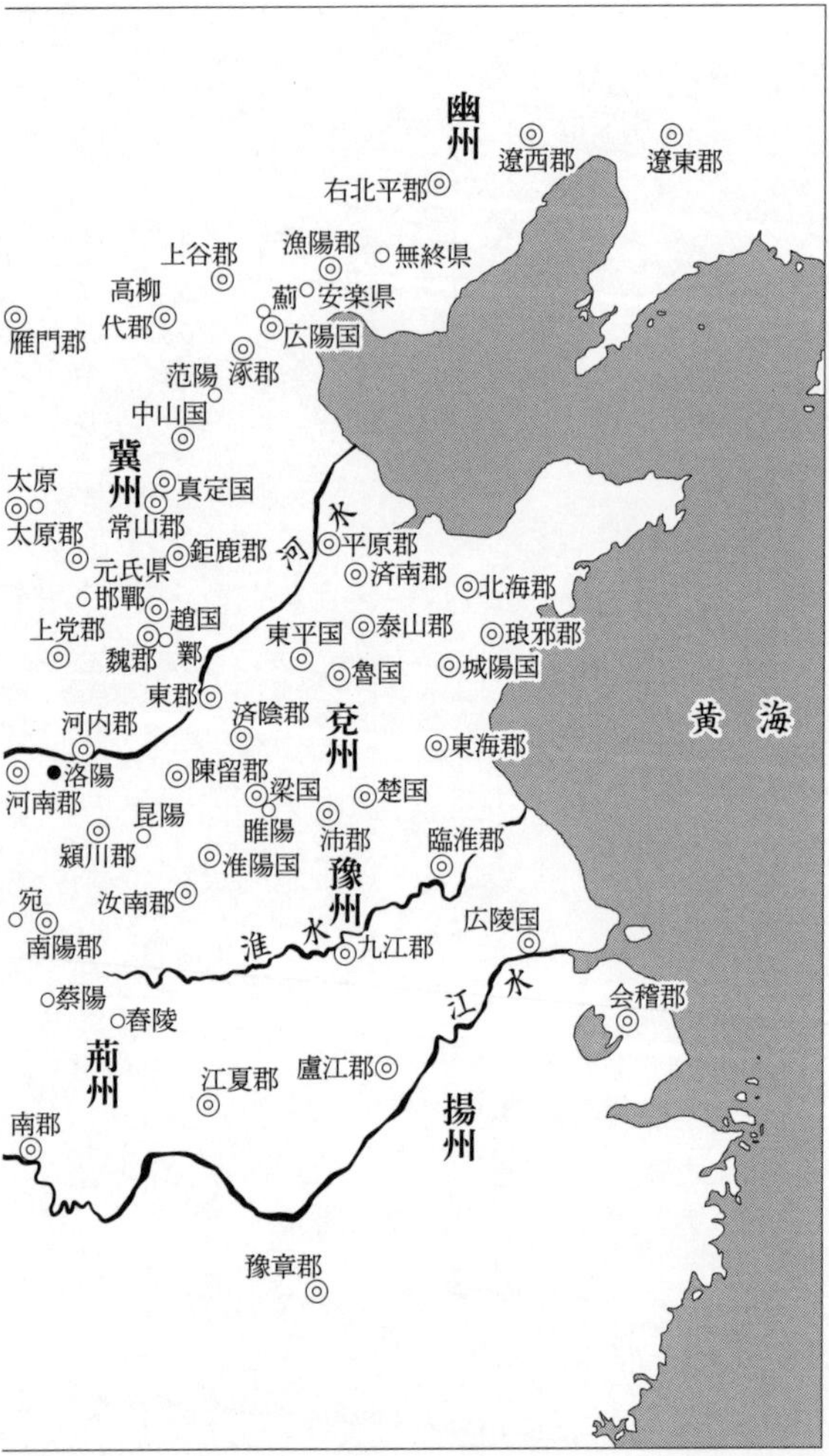
幽州
遼西郡
遼東郡
右北平郡
上谷郡
漁陽郡
無終県
高柳
薊
安楽県
雁門郡
代郡
広陽国
涿郡
范陽
中山国
冀州
太原
真定国
常山郡
太原郡
河水
平原郡
鉅鹿郡
元氏県
済南郡
北海郡
邯鄲
趙国
上党郡
東平国
泰山郡
琅邪郡
鄴
魏郡
魯国
城陽国
東郡
済陰郡
兗州
黄海
河内郡
東海郡
洛陽
陳留郡
河南郡
梁国
楚国
昆陽
睢陽
沛郡
臨淮郡
潁川郡
淮陽国
豫州
汝南郡
宛
広陵国
南陽郡
淮水
九江郡
江水
蔡陽
会稽郡
舂陵
荊州
廬江郡
江夏郡
揚州
南郡
豫章郡

呉漢関連地図

河水
五原郡
雲中郡
朔方郡
定襄郡
西河郡
武威郡
上郡
涼州
金城郡
安定郡
北地郡
隴西郡
天水郡
河東郡
西県
長安
弘農郡
武都郡
漢中郡
江水
広漢郡
益州
夷陵
涪水
潜水
成都
蜀郡
広都
武陽
南安
湔水
巴郡
江州
江水
犍為郡
越巂郡

挿画　原田維夫

呉漢（上）

小石と黄金

日没である。

毒々《どくどく》しい紅《べに》色の日に、紫色の雲がかかっている。

冬は、それらすべてが色を失うのが早い。

が、鍬《くわ》から手をはなした呉漢《ごかん》は、天を瞻《み》ず、地を瞰《み》た。今朝は、霜《しも》がおりて銀色に輝いていた農地である。そこに鍬をいれて、霜を土の下に蔵《かく》すのである。むろんこの広い農地の所有者は、呉漢ではない。かれは耕耨《こうどう》をおこなう雇人《やといにん》にすぎない。かれを雇ってくれている人は、

「彭宏《ほうこう》」

と、いう。

手巾《しゅきん》で汗をふき、農具を澡《あら》うべく歩きはじめた呉漢に、ひとりの男が近づいてきた。

「よく働きますね」

そう声をかけられた呉漢は、いぶかしげにふりかえった。そこに立っている男は、呉漢のような未成年ではなく、少壮《しょうそう》で、しかも怜悧《れいり》そうな容貌《ようぼう》をもっていた。

――苦手《にがて》な男だ。

一瞬、そう意《おも》って、顔をしかめてしまった。この呉漢の意中と感情のありようをすぐに察したのか、その男は微笑して、

「どうやらわたしは、あなたに好かれていないようだ」

と、口調に軽みをもたせていった。

慍《むっ》としたまま呉漢は、

「よく働いているのは、われだけではない」

と、あえてことばに棘《とげ》をふくませた。たしかにこの農場では奴隷《どれい》も働いており、かれらは希望の灯を失った目で地をみつめ、緩慢に農作業をおこなっているので、よく働いているとはいえない。が、賃作《ちんさく》の人々は、雇い主である彭宏の豪快な人柄《ひとがら》にあこがれ、作業中に怠懈《たいかい》する者などひとりもいない。

「あなたは正直な人だ」

男はちょっと感動したようにいった。

「しかしわたしがいった、よく、というのは、あなたが想《おも》った、よく、とは、たぶんちがう。それについてきいてもらいたい。これは大切なことです。わたしも正直に語りたい」

男をみつめた呉漢は、

「われが泊まるのは、あの舎《いえ》だ」

と、農場の隅《すみ》に建てられている長屋《ながや》を目で指した。

「わかりました。今夜、わたしもあの舎に泊めてもらいます」

男は多少わかりにくいことをいった。

この農場は南陽《なんよう》郡宛《えん》県にあるが、より正確にいえば、城壁の外にある。呉漢の実家は宛県のなかにあるので、農作業が終われば、家に帰るのがふつうである。が、家の貧しさはまさに、

――赤貧《せきひん》洗うがごとし。

であり、食費の負担をできるかぎり減らすために、実家に帰らず、長屋に泊まりつづけている。

ちなみに父はすでに亡《な》く、長兄の呉尉《ごい》が老母を養っている。三人兄弟である。呉漢の下に呉翕《ごきゅう》という弟がいる。

それはそれとして、呉漢に声をかけた男が長屋に泊まりつづけていないかぎり、宛県のなかの実家に帰るはずなのであるが、県内でも農場内でもみかけぬ顔なのである。つまり宛の住人ではない。それなのに、今夜は予定をかえて長屋に泊まるという。では、もとの予定では、どこに泊まることになっていたのか。

農具のよごれを落として納屋におさめて長屋にもどると、食事であった。その男は庸人《ようにん》の群れからはなれて農場長に近づき、みじかく耳うちをした。農場長はすこしおどろいたようであったが、小さくうなずき、歯をみせた。苦笑したようである。

——変なやつだ。

呉漢はまだその男の印象をあらためていない。人には、においがある。体臭のことではない。その男には寒家《かんか》のにおいがしない。また儒教《じゅきょう》のにおいがする。富んでいることを誇る者も、学識をひけらかす者も、呉漢は嫌いであった。

長屋での食事は、つねに菽《まめ》が主食である。

——毎日、食べられればよい。

そうおもっている呉漢は、米を食べたいとはおもわない。食欲は旺盛ではないのに、頑健《がんけん》なからだを保っている。幼少のころの食事がまずしくなかったために、骨格がしっかりしたのであろう。生前の父は怖いだけの人であったが、いまふりかえってみると、さりげなく子への配慮をしてくれていた。

食事を終えた呉漢が目をあげると、その男が近くにいた。かれは食器をかたづけつつ、

「なかはまっ暗になってしまうので、外で話しましょう」

と、呉漢を誘った。

すでに月がでていた。地の冷えがきつい。その地に腰をおろした男は、寒い、ともいわず、呉漢に顔をむけて、

「わたしは潘臨《はんりん》といいます。あなたは呉漢ですね。あなたが菽を食べているのをみて、菽水《しゅくすい》の歓《かん》、ということばを憶《おも》いだしました」

と、いった。

――やはり、こいつは、儒教かぶれか。

呉漢は横をむいた。

その横顔をしばらく凝視していた潘臨は、

「あなたは頑冥《がんめい》か、賢明か、どちらかだな。おそらく賢明だとわたしにはみえるが」

と、いって、呉漢の反応をうかがった。

「お話とは、なんですか」

呉漢は怒ったようにいった。地の冷えが足や尻からのぼってくる。目で笑った潘臨は、

「わたしはあえて萩水の歓のような儒教用語をいった。あなたにはそれがどういうことかわからなかったのに、わたしに問わなかった。他人はどうあれ、わたしはわからないことをすぐに問う者を軽んずることにしています。わからないことを心にとどめ、時間をかけてみずから理解する者を重んじています。たぶんあなたは、萩水の歓、ということばを忘れないで、わかるときまで待つ人です」

「ふん」

呉漢は鼻で哂《わら》った。そうせざるをえないほど、くやしかった。萩水の歓とはどういうことですか、と問う声がのどからでかかっていたのに、その声を胸にしずめたからである。そうしたがゆえに、そのことばが胸に刻《きざ》まれたことはたしかである。潘臨という男は、少壮のくせに、人をよく知っているといわざるをえない。

「あなたを寒さにさらしたくないので、てみじかにいいます。農場で働いている者のなかで、あなただけが天に背をむけつづけていた。それほど休まずに働いていた、ともいえますが、あなたには希望がまったくない、ともみえました。たまには天を仰ぐべきです、といっても、あなたはそうしないでしょうから、それならそれで、地をう

がつほどみつめることです。ぼんやりながめていてはなりません。人が念《おも》う力とは、小石を黄金に変えるのです。わたしがあなたにいいたかったのは、それだけです。また、いつか、お会いしましょう」

潘臨は呉漢の厚い肩を軽くたたくと、起《た》って、歩き去った。長屋にはもどらず、農場の外に去った。

——あの人は、どこへ行ったのか。

おもわず呉漢は首をのばして潘臨を目で捜した。この時刻では、宛の郭門《かくもん》は閉じられているので、県内にはいることはできない。農場の外にあるのは、この農場の所有者である彭宏に仕えて、監督をまかされている者の家である。

——その家へ行ったのか……。

呉漢はつばを吐きたくなった。胸がむかむかする。えらそうなことをいいやがって、と怒鳴りたくなった。それほど怒ったのではなく、それほど悲しかった。貧しいということは、財産がないということだけではなく、学問もないということなのだ、と痛感した。

呉漢は、月光で蒼白く光る地をしばらくみつめていたが、うちしおれて長屋にもどった。胸中に寒風が吹いた。涙がながれた。

翌朝、潘臨は彭氏邸にいた。

対座しているのは彭宏の長子である彭寵《ほうちょう》である。あざなを伯通《はくつう》という。ふたりは学友といってよく、潘臨はふたたび長安《ちょうあん》で学問をするために途上にある彭氏邸に立ち寄ったのである。

が、この邸宅の主である彭宏は不在であった。

「父はいま漁陽《ぎょよう》太守として赴任《ふにん》している。弟も漁陽にいるが、もどってきたら、わたしが漁陽にゆくつもりだ」

と、彭寵はいった。彭寵にはおなじ母から生まれた彭純《ほうじゅん》という弟がいる。なお、漁陽という郡は、漢《かん》王朝が支配する州のなかで最北端に位置する幽《ゆう》州のなかにある。漁陽郡は幽州内の諸郡にくらべて豊かなほうである。

「楽浪《らくろう》郡や玄菟《げんと》郡でなくてよかったよ」

彭寵は苦笑した。その二郡は地の果てにあるように感じられるからである。漁陽郡の北は烏桓《うがん》という異民族の支配地であるため、防備をおろそかにできないものの、楽浪郡と玄菟郡になると、夫余《ふよ》（扶余）や高句麗《こうくり》（高句驪）など、警戒すべき異民族が多い。

「しかし、太守まで昇られるのは、たいしたものだ。わたしはせいぜい県令であろうよ」

潘臨は自身の運と才能に限界を感じている。

とたんに彭寵が、

「なんじ、画《かぎ》れり」

と、からかうようにいった。もうそれ以上はだめだと自分で限界をつくるな、と孔子が弟子をいましめたことがある。むろんそれを知っている潘臨は、頭を掻いて含《がん》笑《しょう》した。

「ところで、農場で働いている呉漢という若者を知っているか」

「はは、自慢ではないが、農場をいちどものぞいたことはない」

家人にまかせきりということである。

「それは、よくない。農場で働いている者たちは、あなたの父上を敬慕し、その威名《いめい》のもとでよく働いている。が、かれらは彭宏どのが亡《な》くなられたあと、嗣《し》子《し》であるあなたになつくであろうか」

「さあ、どうかな」

そんなことまで考えたこともない、という彭寵の顔である。

「悪いことは、いわぬ。農場を観《み》ておくべきだ。そこで働いている呉漢という若者は、菽を食べ、水を飲んで、老母と兄弟を扶《たす》けている。しかも貧しさを呪わず、天を怨まず、地だけを視《み》て耨をふるいつづけている。成人となれば、あなたの右腕になりうる人材だ。これは忘れないでほしい」

「ふうん……」

彭寵は鼻を鳴らした。

潘臨の言《げん》をききずてにしたわけではない。関心をもったとき、あえてそうするのである。かれは富んでいる名家に生まれ、しかも父のあとを継ぐ長子として、なに不自由なく育ったが、立てた志は小さくない。父は太守まで昇ったが、自分はそれ以上になりたい、とおもっている。上へ伸びるためには、足もとをかため、しかも高く積まなければならない。いま父に仕えている者たちが、次代の踏み台になるであろうか。

――それほど力説するのであれば……。

呉漢という者を観てやろう、とおもった彭寵は、翌朝、潘臨を見送った足で農場へ行った。

農場長はおどろき、

「漁陽太守になにかございましたか」

と、とっさに問うた。家中に異変でもなければ彭寵が農場にくることはあるまい。

「いや、父上に不幸はない。ひとつ、たずねたい。この農場で、呉漢という若者が働いているか」

農場長はすこし恐れたような表情で、

「います。その者の父は、わたしの知人でして、呉漢を雇ったのは、その……」

と、いいよどんだ。

「なんじを、とがめにきたわけではない。その者を視にきた。待て、待て、その者を呼んではならぬ。しばらく黙っていよ。呉漢がどこにいるか、あててくれよう」

農場長を従えて耕地にはいった彭寵は、働いている者たちを凝視した。人数が多すぎて、このなかから呉漢をみつけだすのは至難である。

――これは、むりか。

人は心眼《しんがん》で視るものだ、というのが父の教えである。人を視ようとしすぎると、かえってみえなくなる。ゆったりと眺めているにかぎる。

彭寵はすこし歩いて立ちどまるということを二時《ふたとき》もくりかえした。農場長は彭寵のうしろで、吐息《といき》をしては、愁眉《しゅうび》をあらわにした。

――地だけを視て耨をふるいつづけている。

それが呉漢である、と潘臨はいった。そのことばを胸中にすえて眺めていた彭寵は、やがてひとりの若者をゆびさした。

「あの者が、呉漢であろう」

「さようです」

農場長は愁眉をひらいて、明るく答えた。

「今日で、耕耘《こううん》は終わるはずだが……」

「あ、よくご存じで……。賃作の者が、つぎにくるのは、春になってからです」

「そうか。では、作業が終わったら、呉漢をわが邸につれてくるように。ひとりでは恐れて立ち寄らぬかもしれぬからな」

「はあ……」

きびすをかえした彭寵に頭をさげた農場長は、解《げ》せぬ、といわんばかりに首をふった。

日が西にかたむいたころ、農場長はみなを集めて、

「今日が、最終日だ。外からきている者は、銭をうけとって帰宅してよいぞ。彭氏の家の者はあと始末をしてから、邸内にもどれ。ねぎらいの肉がくだされる」

奴隷たちは歓声をあげた。かれらが肉を食べられるのは、一年に数回しかない。ただしその肉は牛肉ではなく、羊か豚の肉である。貧家《ひんか》では犬の肉が食べられている。

農場長は、銭をうけとった呉漢に、

「今日はちょっと寄り道をしてもらう。農場を閉じるまで、待っておれ」

と、いい、奴隷たちに指図を与えて、農具をしまわせた。それから牛車にあまった食料や衣類を積ませて農場をあとにした。農場に残って見張りをおこなう奴隷はわずかであり、ほかの者たちは彭氏の邸内にもどるのである。かれらのまえを歩く呉漢は、

——奴隷にならないだけ、ましか。

と、おもった。官から払いさげられた奴隷のほかに、民間で売買された奴隷もいる。かれらは生涯、そのみじめで窮屈な身分から脱することはない。

今日の落日はいつもより赤い。

日が没して地が暗くなれば、宛県の郭門は閉じられ、人は出入りすることができなくなる。郭門は庶民の出入り口であるが、戦いともなれば、城門のひとつとなる。

彭氏邸に到着したとき、道や建物から斜陽《しゃよう》が消えた。門内にはいった呉漢は広い庭へまわされた。すぐに、

「おう、きたか」

という豊かな声とともに彭寵があらわれた。目礼した農場長は、このかたが彭伯通さまだ、とささやくようにいってから、あとじさって庭の外にでた。

——この人が、ここの主人か。

それにしては若い、と呉漢は内心首をかしげながら、地に坐って首を垂れた。そのまえに立った彭寵は、

「そなたはよく働くな」

と、いきなり称《ほ》めた。呉漢は、

——この人は潘臨とおなじことをいう。

と、奇妙さに打たれた。

「あの農場で働いている者たちのなかで、そなただけが黒かった。黒く沈んでいた、と最初はみえたが、やがて、黒く光りはじめた」

彭寵のやや得意げな話をきいている呉漢は、

——この人は、なにをいいたいのか。

と、さっぱりわからなかった。

「そこで、あまった菽があるので、かついで家へもってゆけ。話は、それだけだ」

「えっ、菽をくださるのですか」

呉漢は顔をあげた。

「そうだ」

「わたしにだけ、ですか」

「そうだ」

呉漢は困惑しつつも、

「なにゆえ、わたしにだけでしょうか」

と、おもいきって問うた。

「わけは、ひとつだけではない。が、さきほどいったように、なんじは人一倍働いていた。が、銭を二倍与えるわけにいかない。すると、銭ではない物をとらせるしかない。わかるな」

「わかりません」

呉漢は首を横にふった。

「不公平だといいたいのか」

「そうです。あなたさまの童僕《どうぼく》のなかには、わたしより働きの良い者がいたはずです。その者には三倍の肉が与えられるのでしょうか。また、わたしとおなじほど働いた賃作の者がほんとうにいなかったのでしょうか」

呉漢の口吻《こうふん》をむけられた彭寵は、ふふ、と笑い、

「そなたは理屈を好むか」

と、かるく叱《しか》るようにいった。

呉漢は慍と口をむすんだ。彭寵は目で笑い、

「そう怒るな。そなたがいったことが正しければ、われは正しくないことになる。しかしわれにも理屈はある。大きな声ではいえぬが、天下の利をひとり占めしているのは、漢の皇帝であろう。その皇帝は、庶民の数万倍働いているのであろうか。また大臣たちは、どうか。かれらはみな先祖の勲功のおかげでいまの地位があり、おそらくそなたより働きが悪いのに、富はそなたの数万倍はある。そなたの理屈では、かれらを残らず咎《とが》めなければならないが、われの理屈では、かれらの働きはそなたの数万倍で、咎めるにおよばない。すなわち政治とは、庶民ではできぬからだ。政治は天下万民の生活を守り、利を与える。おのれの利しか考えぬ者に、政治はできぬということよ」

と、さとした。

呉漢の目が大きくひらいた。

——他人に利を与える。

などということは、今日の今日まで、いちども考えたことはなかった。貧しさに喘《あえ》ぎつつ、外を観ず、内だけを視て生きてきた。

呉漢の表情の変化をみのがさなかった彭寵は、

「そなたに菽を与えるのも、小さな政治だ」

と、いって、大きく笑ったあと、家のなかにもどった。

とまどいをかくせず、独《ひと》り、軒先《のきさき》に坐っていた呉漢の肩をたたいたのは農場長である。かれは菽のはいった袋を呉漢の膝《ひざ》のまえに置き、

「袋はこれだけではない。あと三袋あるが、かついで帰れまい。明日、農場のほうにとりにこい。この袋をみせて、母さんを喜ばせるとよい。彭伯通さまのご恩を忘れてはならぬぞ」

と、強くいいきかせた。

――ご恩……、これがか……。

呉漢の胸中はすっきり晴れなかったが、とにかく袋をかついだ。背中がつぶれそうに重かった。かれはゆらゆらと歩いて彭氏邸をでた。道は暗かった。

――この袋の重さでは、弟はかつげまい。

明日は手押し車を用意して農場へゆこう、と考えながら歩いているうちに、すこし楽しくなった。四袋の菽は、わずかではあるが食卓にうるおいをもたらす。呉漢だけがこれほど多くの菽をもらったことになるが、これが公平なのか不公平なのか、よく

わからなくなった。それでも、うれしいという実感はぬぐえない。

——人とは、こういうものなのだ。

たぶん、政治とは理屈を超《こ》えたところにある。

「ただいま、帰りました」

この声の明るさに呉漢は自分でもおどろいた。

「どうしたのだ、その袋は——」

兄のいぶかりの声は、ほどなく歓声に変わった。母も、弟も、喜んだ。それをみた呉漢は、

——なるほど、恩をほどこすとは、こういうことか。

と、腑《ふ》に落ちた。これらのきっかけをつくってくれたのは、あの潘臨というえたいのしれない男にちがいない。

夜、寝るまえに昂奮《こうふん》ぎみの呉漢は兄に、

「ただの石も、念をこめてみつめれば、黄金に変わるのだろうか」

と、おずおずと問うた。このおもいがけない問いに、呉尉はとまどわず、

「昔、和氏《かし》の璧《へき》と呼ばれた楚《そ》の国宝があった。最初に発見した卞和《べんか》は、それは玉《ぎょく》ではなく石だといわれて、左足を切られた。しかし卞和は玉であると主張して楚王にふた

たび献上したため右足を切られた。両足を失っても卞和はみたび献上をおこない、ついに玉であると認められた。和氏の念力《ねんりき》が、石を璧に変えたのだろう。だから、ただの石も、あるとき黄金に変わる」

と、やさしく答えた。突飛《とっぴ》な弟の話を嗤《わら》って棄《す》てることをしない良い兄であった。貧しさが兄弟愛を育養《いくよう》したともいえる。

安衆侯の乱

南陽郡《なんようぐん》の宛県《えんけん》は、殷賑《いんしん》の県である。

長安《ちょうあん》、洛陽《らくよう》などとならんで、当時の六大都市のひとつである。

県内には富家《ふか》、名家《めいか》が多い。それを裏がえせば、貧者も多い、ということである。

呉漢《ごかん》の家も寒家《かんか》である。小さな田をもってはいるが、その田ひとつで自給自足できるはずはなく、次男である呉漢は母と兄弟を扶助《ふじょ》するため、成年になっても賃作《ちんさく》をおこなっていた。

ある日、郷里の知人である韓鴻《かんこう》が、

「子顔《しがん》よ」

と、声をかけてきた。子顔は呉漢のあざなである。

「紅陽《こうよう》へゆかないか」

そこへゆけば銭を二倍くれる、といって呉漢を誘った。

魅力的な話である。

韓鴻はいかがわしい誘いをする男ではないので、銭を二倍くれる、というのはほんとうであろうが、こればかりは、

「どうして、そうなる」

と、訊《き》かずにはいられなかった。雇った者に二倍の銭を与えるには、ほかの農地より二倍の生産力がなければならない。そんな農地があるのだろうか。

「いや、ふつうの耕作ではない。開墾《かいこん》だ。しかも短期間で田圃《でんぼ》にしなければならないらしい。それで多数が要《い》る」

韓鴻が知っていることは、それですべてである。

「紅陽か……」

ちょっと遠い。その位置は宛からみて東北にあたり、郡境の県である。いちど家に帰って、兄に話した。

「韓鴻は、人をだますことも、だまされることもない男だ。信用してよいだろう。半年もなんじがいないのはきびしいが、まあ、うちには翕《きゅう》がいることだ。なんとかなるだろう」

呉尉《ごい》がもっている田は小さいといっても、ひとりでは稼穡《かしょく》のすべてをやり通せない。末弟の呉翕はまだ成人になっていないが、力仕事ができる齢《とし》には達している。

「では、紅陽へ行ってきます」

三日後に、呉漢は郭門《かくもん》のほとりの集合場所へ行った。すでに韓鴻の顔があった。かれは冠を着けたふたりをゆびさして、

「あれが紅陽侯の家臣だ。氏名と里名を告げてくるとよい」

と、手続きを教えた。

――ははあ、侯国の開墾をおこなうのか。

雇い主は豪族や豪商ではなく、侯とよばれる領主であるとわかって、呉漢はすこし気が楽になった。豪族や豪商には質《たち》が悪い者もいる。領主がことごとく質がよいわけではないにせよ、その国で働くほうが安心感はある。

集合した者たちの数を目で算《かぞ》えてみると、およそ百である。ひそかにおどろいた呉漢が、

「宛だけで百であれば、諸県から紅陽へゆく人数は、どれほどだろうか」

と、韓鴻に問うたとき、笠をかぶった三人がこの集団に近づいてきた。ひとりが主人でふたりが従者のようにみえた。主人らしき人が、

「みなは詐欺《さぎ》の銭をもらいにゆくことになる。やめておけ、やめておけ。手が汚《けが》れるぞ」

と、集団にむかっていった。

呉漢と韓鴻はおもわず目をあわせた。

「なんだと――」

紅陽侯のふたりの家臣は、その声をきいて嚇怒《かくど》し、剣に手をかけて声の主に迫ろうとした。すかさず笠のふたりが主人をかばうようにまえにでて、剣把《けんぱ》をなでつつ、

「路上で剣をぬいて争えば、われらだけではなく、なんじら三族までも処刑され、ひいては紅陽侯まで罪がおよぶ。それを承知で剣をぬくなら、相手になろう」

と、かるく恫喝《どうかつ》した。

「うぬ……」

紅陽侯の家臣は笠のふたりを睨《にら》みつけたが、さすがに剣をぬくことができない。衆前《しゅうぜん》である。あとで、そんな争いをしませんでした、としらばくれることはとうていむりである。

「はは、詐欺侯の手下は、こけおどしばかりか」

そういって笑ったその男の剣把が、美しい翠色《すいしょく》の光を放ったのを、呉漢はみた。

三人がおもむろに立ち去ったあと、韓鴻はすこしけわしい顔つきで、

「あれは卓茂《たくも》さまの客かもしれぬ。卓茂さまは、正言《せいげん》の人だ。われは紅陽へゆくのをやめる。なんじを誘って悪かったな。なんじも帰宅したほうがよいぞ」

と、いい、すみやかに集団からぬけた。

あっけにとられた呉漢は、しばらく動けなかった。ものごとの判断基準をもっていない悲しさである。

――世間を知らなすぎる。

そういって、自分をあざわらうしかない。が、紅陽へ行くと決めたかぎり、銭をうけとらずに帰るわけにはいかない。

すぐに集団が動いたので、呉漢の足も動き、紅陽へむかった。集団のなかには物識《ものし》りがいて、

「いまや王《おう》氏の威勢は皇室をもしのぐ。王氏一門を妬《ねた》む者は、あちこちにいるさ」

と、鼻で哂《わら》った。

――耳を澄ましていれば、人はいろいろなことを教えてくれる。

呉漢はそうさとった。学問をおこなわなくても、見聞《けんぶん》を広めればよい。どうやら紅陽侯とは王氏一門であるらしい。あの三人が、紅陽侯を詐欺侯と呼んだが、その意味

はわからない。二倍もの銭を与えるといっておきながら、雇った者たちに一銭も与えず、ただ働きをさせるのが紅陽侯なのであろうか。それについて、あの物識りに訊きたかったが、呉漢は家の外ではほとんど他人にものごとを問うたことがない。わからないことをすぐに他人に問わないところが美質である、と潘臨《はんりん》という人は称《ほ》めてくれたが、ここでも黙っていることが美質であるとはとうていおもわれない。

そう感じた呉漢が、物識りの男に近づこうとしたとき、なんとむこうから近寄ってきて、

「若いの。彭《ほう》氏の農場でみかけた顔だな」

と、声をかけてくれた。ここはあえて素直に、

「呉子顔といいます。あなたは――」

と、軽く頭をさげていった。

「われは郵解《ゆうかい》という。よろしくたのむぜ」

この口調から、自分への好意を感じた呉漢は、

「こちらこそ、よろしくたのみます。ひとつおたずねしてよろしいですか」

と、呐々《とつとつ》といった。

「ああ、なんでも訊いてくれ」

「わたしの友人は、宛を出発するまえのわれらに、詐欺の銭をもらうなといった者を、卓茂の客ではないかといいました。卓茂の客がどういう人であるかというよりも、紅陽侯を詐欺呼ばわりしたことが、気になっています。むこうにいって、ほんとうに二倍の銭をもらえるのでしょうか」

呉漢はゆっくりと、せつなげに話した。人を疑うことは、気分のよいことではない。

郵解は口をゆがめて、すこし笑った。鬚《ひげ》の濃い男だが、よくみるとまだ三十そこそこという年齢である。

「以前にも、先代の紅陽侯は人を集めて開墾をおこなったことがあった。だが、そのとき、賃作の者に銭をさずけないということはなかった。詐欺をしたわけではない。いいか、いまの紅陽侯という人は、現在、摂《せつ》皇帝と呼ばれて王朝を運営なさっている王莽《おうもう》さまの従弟《じゅうてい》君だ。卑劣なことをして王氏一門の評判をおとすようなことをするはずがねえじゃねえか」

「そうですか……」

呉漢はやや安心した。

「さっき名がでた卓茂は、すこしまえまで王朝の高官だった。が、王莽さまが皇帝にひとしい位に即《つ》かれたことが気にいらず、帰郷したんだろうよ。王朝も歳月が経《た》つと、古びて、がたぴしいうようになる。それでも、すきま風を好み、家の建てかえを憎む者がいるということよ」

この郵解という者は、王莽の賛美者のようである。

——劉《りゅう》氏の王朝が畢《お》わるのかな。

高祖《こうそ》と呼ばれる劉邦《りゅうほう》が開いた天下王朝である。この王朝の下では、呉漢だけではなく、寒家に生まれた者すべてが、貧しさに喘《あえ》いで一生を終えることになる。王莽が皇帝になれば、当然、制度が更《か》わり、呉漢のような賤民《せんみん》でも、奇福《きふく》にめぐまれることがあるかもしれない。

話し終えた郵解が呉漢から遠ざかると、それを待ちかねていたかのように、

「孺子《じゅし》よ、話半分《はなしはんぶん》にきく、ということを知らなけりゃ、生涯、だまされつづけるぜ」

と、声をかけてきた者がいた。

「祇登《きとう》」

と、名告《なの》ったその男は、どうみても四十代で、どこかに暗さがある。ただし暗さの点では、呉漢のほうがはるかに濃厚であろう。

孺子と呼びすてられても、慍《むっ》とせず、

「どこかでお会いしましたか」

と、訊いた。

「ふふ、案《あん》の定《じょう》だ。あの男も彭氏の農場にいたが、われもいたのよ。なんじの目は節《ふし》穴《あな》同然だから、われがとなりにいても、おぼえてはいるまい」

「あ、そうでしたか」

呉漢はあえて恐縮したように頭をさげた。たしかに祇登がいうように、呉漢は人をみずに働いてきた。そのせいで、友人も知人もふえなかった。

「それで、話半分とは、どういうことでしょうか」

この日の呉漢は口数《くちかず》が多い。むこうが教えたがっているのに、拒絶する手はない。

「人の話には、半分信《まこと》があっても、あとの半分は妄《うそ》だということよ。たしかに紅陽侯が二倍の銭をくれるというのは、妄ではあるまい。しかし、開墾した地を紅陽侯は自分では管理せず、官に売りつけて儲けるわけさ。先代がやったことだ。いまの紅陽侯も、たぶん、おなじことをやるだろうよ」

すかさず呉漢は、

「それは、不正ですか」

と、問うた。祇登は、ここまでいってもまだわからないのか、魯《にぶ》い頭だな、といわんばかりに、

「不正にきまっているだろう」

と、いい、あごをあげた。すると呉漢は、すこしまなざしをさげて、

「こまりました」

と、つぶやくようにいった。

「なにも、こまることはねえ。紅陽侯のやることは汚《きた》ねえが、銭そのものに清濁《せいだく》はねえ。むこうで働いて、銭をもらって帰ればいいのさ」

「そうですね。それはよいのですが……」

「ほかに、こまることはあるまい」

祇登は呉漢の困惑ぶりを楽しむようにうす笑いを浮かべた。

「話半分、ということについてです」

「それがどうした」

「人の話は、半分が妄であるとすれば、あなたの話にも、おなじことがいえます。それで、こまっているのです」

「こやつ——」

祇登は嚇《かっ》と呉漢を睨んだ。が、呉漢はおびえもせず、

「見聞を広めるのも、考えものです。識れば知るほど、真実から遠ざかることになり

かねない。かといって、無知ではどうしようもない。見ることと聞くことは、それほどむずかしいということでしょうか」

と、自問自答するようにいった。

祇登は怒るよりもむしろあきれたように呉漢をながめはじめたが、やがて、

「おもしろい男だとはおもっていたが、なるほど、そうだ。なんじは大物になるぜ」

と、称めた。

この日から、祇登はつねに呉漢の近くにいるようになり、自分のこどもほどの年齢の呉漢にぞんざいな口をきかなくなった。呉漢にはじめて郷里の外で友人ができた。しかし、祇登は南陽郡のどこかで生まれたらしいが、宛の生まれではないことはあきらかで、出生地をかくしていることをはじめ、不審な点がいくつかあった。むろん呉漢はそれらについて根掘り葉掘り訊くような性質をもっておらず、

――悪い人ではない。

と、わかれば、それでよかった。ついでにいえば、祇登が呉漢の近くにいるようになったせいであろうか、郵解は遠ざかるようになった。じつは呉漢は、思想がちがうふたりからこれからも話をききたかったので、郵解の声をきけないことをひそかに残念がった。

――人とつきあうのも、むずかしいものだ。

それが実感であった。

紅陽に着いた。

ちなみにこの県の位置は葉《しょう》県の東隣《とうりん》にあたり、郡境をまたいで北へゆくと、昆陽《こんよう》がある。その昆陽が、十七年後に、歴史の分岐点ともいえる戦場になることを、この時点で予想した者はひとりもいないであろう。

呉漢らは県外の荒原《こうげん》につれてゆかれた。すでに粗末な長屋が建てられていた。それをみた祇登は、

「あの大きさでは、寝泊まりする者は五百に満たない。ここに通ってくる者が多数いるにちがいない」

と、すばやく判断した。

翌朝、かれがいった通り、県内から五百人がきて開墾作業にくわわった。

「あの連中は、銭はもらえねえ。賦《ふ》というやつだ」

賦は夫役《ぶやく》といいかえてよい。穀物による納税が租《そ》であるとすれば、賦は労働による納税である。

「そうですか……」

呉漢も紅陽から帰れば、夫役が待っている。長兄の呉尉のかわりに夫役にでるのは、いつも呉漢である。

仲春からはじまった開墾は晩春を迎えた。

ある日、紅陽侯の重臣がきて、

「今日は立太子の祝いの日だ。みなも祝うように」

と、羊の肉と酒がふるまわれた。

「皇太子が立てられたのですね」

立太子がどういうものであるかくらい、呉漢でもわかる。

「皇嗣《こうし》は、昨年のうちに決まっていたさ。宣帝《せんてい》の玄孫《げんそん》だ」

すかさず祇登がいった。

ちなみに宣帝という人は、数奇《すうき》な運命の人で、漢の武《ぶ》帝の皇太子の孫でありながら、民間で育てられ、時の王朝の実力者であった霍光《かくこう》にみいだされて帝位に即《つ》いた。

玄孫とは、孫の孫であるから、呉漢は時間的に遠い宣帝についてなにも知らない。

「立てられたばかりの皇太子が何歳か、知っているか」

この祇登の問いに、

「知りません」

と、冷淡に呉漢は答えた。

「あいかわらずだな、なんじは。皇太子が何歳であっても、自分には関係がない。そう顔に画《か》いてある」

呉漢はそのうるささを嫌うように、

「では、皇太子の年齢は、あなたにかかわりがあるのですか。また、一歳であることと百歳であることでは、そのかかわりかたにちがいが生じるのでしょうか」

と、突き放すようにいった。しかし祇登はかえって顔を近寄せ、呉漢の顔を嘗《な》めるようにみた。

「なんじはみかけによらず、たいそうな理屈家だ。内心、理を好んでいるのなら、これからわれがいうことは、わかるだろう。なんじにかぎったことではないが、内に関心はあるが、外には関心がない。隣家のことも、はるかかなたの王朝のことも、知らぬ存ぜぬだ。しかし、いつの日か、自分が王朝にかかわる、そういう身分になる、と想《おも》ってみないか。すると皇太子の年齢は他人事ではなくなる。つねにそう想って生きている者には、突然、その日がやってくるものだ。そのときに、うろたえずにすむ。これから、そういう日にそなえた生きかたをしてみよ。天の目は、節穴ではない」

呉漢はいきなり烈しく打たれたような気がした。

——王朝にかかわる身分となる。

そんなことを夢にも想ったことはない。いまの貧しさをぬけだすのに必死である。

「たまには天を仰ぐべきです」

と、潘臨にいわれたが、祇登もおなじことをいっているのか。

呉漢は祇登をみつめなおして、

「あなたは王朝にかかわる身分になる、と信じているのですか」

と、おどろきをこめて訊いた。

「信じるとか信じないとかいう問題ではない。志《こころざし》の問題だ。志とは、ある意味、雲に梯子《はしご》をかけるにひとしい。とてもできるはずがないと他人に嗤《わら》われてこそ、ほんとうの志だ。それならあなたにできる、励みなさい、といわれる志は低く、まあ目的といいかえたほうがよい。われのいっていることが、わかるか」

「わかろうとつとめています」

呉漢は正直にいった。

「ふふ、つとめているか……。われがいったことを嗤わなかったのは、なんじだけだ」

祇登は呉漢に屈折した笑いをみせつつ称めた。

「こんな荒地を耕しているふたりが、いつの日か、王朝の高官になる。ばかばかしくも楽しい未来ではありませんか。そうなると、なるほど、いまの皇太子の年齢が気になりますね。いくつですか」

「そうこなくちゃ。それが、なんと三歳よ」

「三歳、ですか」

君主の成人は、二十歳ではなく、十二歳だときいたことがあるが、いずれにせよ、その皇太子に政治的存在価値が生ずるのは、近い将来ではない。当然、摂皇帝と呼ばれている王莽が専権をふるいつづける。ただし、いちがいにそれが悪いことだときめつけるわけにはいかない。王莽の政治を称めている人もいるのである。

「あるいは、摂皇帝が、皇帝になるのですか」

「たぶん、そうなる」

祇登はあえて批判をやめ、肉を食べ、酒を呑んだ。かれはどちらかといえば王莽の専権をこころよくおもっていないほうに立っているが、しかし天が低くならなければ、雲も梯子がとどくところまでおりてこない。そう想えば、体制の変革を望まないはずがない。

——人は複雑なものだな。

郵解と祇登というふたりをみただけでも、呉漢はそうおもう。では、自分はどうか。

——もうすこし単純に生きたい。

単純に生きようとする者は、おそらく愚かな者とみなされようが、人に嗤われてこそ本物、という祇登のことばには真理があるように感じられた。呉漢は手もとにある肉をみつめ、

「母や兄弟に食べさせてやりたい」

と、つぶやいた。

初夏になった。雑草の繁衍《はんえん》がすさまじくなった。

——こりゃ、草との格闘だ。

さすがの呉漢もため息をつき、呆然《ぼうぜん》と汗をぬぐった。

祇登が趨《はし》ってきた。めずらしくあわてている。かれは荒い息のまま、

「大変だ。宛が攻められている」

と、いった。耨《くわ》を立てた呉漢は、

「叛乱があったのですか」

と、訊いた。うなずいた祇登は、

「攻めているのは、安衆《あんしゅう》侯の兵らしい。おい、宛に帰ったほうがいいぞ」

安衆という地は、宛の西南にある。そこにある侯国の主《あるじ》を、

「劉崇《りゅうすう》」

と、いう。かれが相《しょう》の張紹《ちょうしょう》と謀《はか》って挙兵し、南陽郡のなかでもっとも栄えている県である宛を攻めた。この時点で、紅陽にいる呉漢が挙兵の理由と実態を知るよしもないが、とにかく困惑した。

「まだ、銭をもらっていません」

「そんなことをいっている場合か。銭より家族のほうが大切だろう。ゆくぞ」

祇登に腕をとられた呉漢は、ついに耨を棄《す》てて走った。ちなみに宛に実家のある者たちの多くも、憂愁《ゆうしゅう》にさらされて、帰途についた。

飲まず食わずの旅となった。

途中で野人《やじん》に食《しょく》を乞うた。その際、安衆侯の挙兵の理由がわかった。王莽は、王や侯である劉氏をつぎつぎに平民に貶《お》とそうとしているらしい。劉崇はそれに反発したのである。

「摂皇帝は、劉氏の世を終わらせようとしているのさ」

祇登は皮肉をこめてそういった。

——すると、つぎは王氏の世になる。

それが自分にとって幸《こう》となるのか不幸となるのか、わからない、とおもいながら、ようやく呉漢は宛に着いた。

乱は熄《や》んでいた。劉崇は宛を攻め取れなかったのである。

それを知った呉漢は、頭をかかえてうずくまった。いつのまにか祇登は消えていた。

一銭もうけとらずに紅陽《こうよう》から帰ってきた呉漢《ごかん》を、兄の呉尉《ごい》は叱《しか》らなかった。

「子顔《しがん》らしい」

といって、笑っただけである。母も、

「家族おもいで、嬉《うれ》しい」

と、むしろ喜んでくれた。そういう兄と母の顔をみると、祇登《きとう》の勧《すす》めに従ってよかったと感じるようになった。さらに韓鴻《かんこう》に会うと、

「汚《きたな》い銭をつかまなくて、よかったじゃないか」

と、いわれた。

——そういうものか。

二倍の銭につられると、失う物も二倍となる。その銭をつかまなかったがゆえに、

得た物がある。呉漢はそうおもった。

このあと、呉漢は夫役《ぶやく》にでた。宛《えん》の城壁の修繕《しゅうぜん》である。呉漢に近づいてきた韓鴻は、

「安衆侯《あんしゅうこう》の叛乱があったせいで、群臣は王莽《おうもう》に同情し、王莽の威権を高めようと、仮《か》皇帝とした」

と、ささやいた。顔をあげた呉漢は、

「摂《せつ》皇帝は摂政《せっせい》だが、仮皇帝となると……」

と、いい、さらに目をあげた。雲が低くながれている。

「皇帝の一歩手前だ」

「そういうことですか」

劉《りゅう》という氏をもっていなくても、皇帝になることができる。これはおどろきではあるが、王莽という人には高い志《こころざし》があったということではないか。

「王氏が皇帝になれようか」

と、みながおもい、王莽を嗤《わら》ったときがあったとすれば、王莽の志は本物である。

だが、韓鴻は王莽を嫌悪しているようで、

「簒奪《さんだつ》ということばを知っているか」

と、いった。

「さんだつ、ですか……」

呉漢には、簒、の意味がわからない。

「ふむ、知らないか。要するに、横どりするということだ。王莽は帝位を簒奪しようとしている」

韓鴻は王莽への悪感情をこめていった。呉漢に王莽を憎めと教えたつもりであろう。が、呉漢の反応は魯《にぶ》かった。はっきりいって、王莽のどこが悪いのか、わからなかった。世間では王莽が悪政をおこなっているとたれひとりも非難していないではないか。

呉漢がうなずかず、口をとざしているので、

「なんじには正義がわからぬ。あきれたものだ」

と、韓鴻は口をゆがめ、離れていった。

――正義か……。

夫役が終わったあとも、呉漢は考えた。わからないことを胸中にかかえたままでいると、胸苦しくなる。だが、正義とはなんであるかを、たれに問えばよいのか。そのことばを口にした韓鴻は、ほんとうに正義がわかっているのか。

――これは、うかつに他人に訊《き》けない。

まちがった答えを教えられると、かえって迷妄《めいもう》が深くなる。韓鴻は人をあざむいた

りしないが、それでも話半分《はなしはんぶん》にきくというのが正しいであろう。そういう世知《せち》を教えてくれた祇登は、あれ以来、宛県のなかではみかけなくなった。

秋の収穫時期には兄を手伝ったあとに、彭《ほう》氏の農場にも行った。呉漢に好意をもってくれている農場長は、たれからきかされたのか、

「紅陽へ行ったらしいな」

と、微笑しながらいった。

「よくご存じですね。骨折り損でした」

「宛が安衆侯の兵に攻められていると知って、飛んで帰ってきたか」

「そうです。でも、宛がぶじでよかったです」

これが呉漢の正直な気持ちである。

「なんじは知るまいが、県令の要請に応《こた》えて、彭氏も兵をだしたのだぞ」

「あっ、そうでしたか」

呉漢はいちども武器を執《と》ったことがない。一家の次男や三男は、兵役《へいえき》を課せられることがある。農民が兵になった場合、軍籍《ぐんせき》において、最下級の一兵卒になる。戦いに役に立たないとみなされれば、軍の荷物を運ぶ輜重卒《しちょうそつ》に貶《お》とされる。

——いつなんどき、兵になるかもしれない。

この世で自分に無関係なことはひとつもない。祇登に教えられてから、呉漢の意識に変化が生じた。他人に関心をもち、他人をおもいやる心が生じたといえる。

「宛で、どのような攻防があったのか、あとで教えてくれませんか」

「ほう……」

呉漢の顔をのぞきこんだ農場長は、

「なんじは紅陽へ行って、変わったな。すこし明るくなった」

と、感想をいった。

「そうですか。自分では、気づきませんでした」

農場にはいると、めざとく郵解《ゆうかい》が寄ってきた。

「なんじは、途中で消えたな」

「宛の家族が心配で、帰りました。そのため一銭もうけとれませんでした。あなたは二倍の銭をうけとったのですか」

「ああ、もらったさ。紅陽侯は人夫をあざむくようなことをしなかった。それどころか、安衆侯の乱をきいて、宛に帰った者たちの銭も支払ったということだ」

初耳である。

「乱のあと、われは紅陽へ行かなかったので、銭をもらいそこなったということですか」

　呉漢は嘆息した。

「そうではない。宛へ帰った者たちにとどけるから、といって、まとめて銭をうけとった者がいるのさ。そいつは、たしか、祇登といって、ここでも顔をみかけたことがある。つまり祇登はなんじの銭もふくめて、他人の銭を懐《ふところ》にいれて、姿をくらましやがった」

「えっ、あの祇登が……」

　呉漢は絶句した。この話がほんとうであるとすれば、呉漢だけではなく宛から紅陽へ働きに行った者をたぶらかしたのは、祇登ということになる。

　――まさかなあ。

　呉漢は怒るよりも悲しくなった。紅陽から帰ったあとも、祇登への敬意を失わなかった。かれのことばには人の胸を打つ真実のひびきがあった。あれほどすぐれたことをいう者が、それほど汚いことをするであろうか。

　――話半分か。

　急にそのことばを憶《おも》いだして、救われたような気分になった。郵解のいったことは、半分は妄《うそ》だ。そう意《おも》ったことはたしかであるが、別の想念が生じた。

こういうことである。

人の話のなかの妄と信《まこと》をいちいち鑑別《かんべつ》することはとうていむりである。また、そのときは妄だとおもわれたことが、時間が経《た》ってから、信に変わることもあろう。それゆえ、人の話を半分に割ることは理に適《あ》わない。つまり話半分ということは、きいたという事実を一とすれば、その半分に縮小しておくということではないのか。そうすれば半分が空《あ》く。たとえばいま、祇登にかぎってそんなことをするはずがない、とおもったのであれば、そのおもいを、空いた半分にいれておく。話半分、とは、そういうききかたをいうのではないか。

呉漢の表情がすこし晴れた。この微妙な変化に気づいた郵解は、

「なんじの銭は横どりされたんだぞ。祇登を怨《うら》まないのか」

と、なじるようにいった。

「特別な梯子《はしご》にのぼるには、銭が要《い》るということでしょう。祇登が前払いしてくれたんですよ」

「なんだ、その特別な梯子とは」

この郵解の問いに、呉漢は微笑をかえしただけで、答えなかった。

この日の夕《よる》、

「ちょっと、こい」

と、農場長に呼ばれて、呉漢は農場をすこしでたところにある家にはいった。農場長が常住《じょうじゅう》している家である。

「宛の攻防の話をしてくださるのですか」

「その話なら、いつでもしてやるが、今日の話は別だ」

「へえ……」

呉漢は農場長の表情をさぐりながら坐った。その表情には、いつにない深刻さがある。

「彭家の主人は、彭宏《ほうこう》というかたで、以前、漁陽《ぎょよう》太守まで昇った。そのことは知っているか」

「きいたことがあります」

「度量の大きいかたで、漁陽の民に敬仰《けいぎょう》されただけではなく、その威令は辺境まで及んだので、叛乱はもとより異民族の侵寇《しんこう》もなかった。彭宏さまは、名太守であったのだ。ところが……」

農場長の顔がさらに暗くなった。

「漢の王室を尊崇《そんすう》なさり、正義の心をお持ちであった彭宏さまは、摂政の位に就《つ》かれた王莽どのに殺された。王莽どのは、おのれの意《い》にさからう者を容赦なく殺すという残忍《ざんにん》さを持っておられる。ただしこの家は、とりつぶしをまぬかれ、彭伯通《ほうはくつう》さまがお継ぎになった。いま伯通さまは、この郡の吏《り》になっておられる。伯通さまはつねづねなんじのことを気にかけ、よかったらわれに仕えぬか、と仰《おお》せになった。どうだ、子顔よ、彭氏の家人になる気はないか。なんじにその気があれば、いまからでも、伯通さまにおつたえするが……」

おもいがけない誘いであった。

彭寵《ほうちょう》に仕えれば、衣食住の心配は要らなくなる。が、それは同時に、母と兄弟を棄《す》てることにならないか。

まなざしをさげてしばらく沈思していた呉漢は、おもむろに目をあげて、

「ありがたい仰せですが、わが家の実情は、われがぬけることをゆるさないものです。それは農場長もご存じのはずです。伯通さまのために働くことは、べつのかたちでもできるでしょう。どうか、よろしくおつたえください」

と、いい、頭をさげた。

農場長は小さくうなずき、

「呉氏の家は、なんじが支えてきたようなものだ。なんじがいなければ、どうなって

いたかわからぬ。いまもってそうであれば、なんじを引き抜くのは酷《こく》であるな。伯通さまにそう申し上げておく」

と、理解を示した。

翌日、農場長は年齢が二十歳未満の者を集め、呉漢も呼んで、

「なんじらは稼穡《かしょく》に慣《な》れておらぬ。そこでここにいる呉子顔に仕事を教えてもらい、その指図に従え。呉子顔は、今日から、われの副手《ふくしゅ》である。わかったな」

と、いいわたした。

おどろいた呉漢は、農場長に趨《はし》り寄って、

「われは、人を使ったことがありませんよ。農場長をお佐《たす》けする人は、ご家中にいるでしょう」

と、訴えるようにいった。が、農場長はとりあわず、

「ことわりたかったら、伯通さまに申し上げるのだな。われは伯通さまのおいいつけ通りにしたまでだ」

と、目で笑った。

困惑した呉漢だが、けっきょく辞退はせず、若者たちを監督することにした。若者たちは一家の長男である者はひとりもいない。すべてが次男以下であり、もっとも若

い者は十三歳であった。かれらは呉漢とおなじように自家が貧しいために他家で賃作《ちんさく》をおこなっている。しかし不良がかった者や気の荒い者もいる。そうなる根元には、前途にまったく希望がないという世路《せいろ》がある。

——自暴自棄《じぼうじき》になる気持ちはよくわかる。

若者たちのまえに立った呉漢は、

「作業でわからないことがあったら、なんでもきいてくれ。ここには、体力と気力が人よりすぐれている者もいれば、劣っている者もいる。両者がせいいっぱい働いたとしても、仕事の量と質に差が生ずる。それでも賃金はおなじだ。それが不満で、手をぬいた者には、それなりの応酬《おうしゅう》がある。鞭《むち》で打たれるわけではなく、賃金もおなじなのだから、なまけるにかぎる、と意っていたら、人の世を甘くみすぎている。このさきの人生で、かならず損をさせられる。われはみなに損をさせたくないので、厳しく指導する。たぶん農場長より厳しい。彭氏の農場で働いたといえば、他家で一も二もなく雇ってもらえるほど鍛《きた》えあげる。わかったら、作業にかかれ」

と、厳然といった。

ひごろ寡黙《かもく》で、静思《せいし》しているような呉漢が、激しく語ったので、この変容におどろいた農場長は、

「おい、おい、彭氏は寛容で知られた人だ。ここに働きにくる者は、他の農場の嗇《しわ》さや非情さを嫌っている。それなのに、なんじがびしびしと扱《しご》けば、彭氏の評判が落ちてしまう。かれらにはあまりきつくあたるな」

と、注意を与えた。

だが、呉漢は諾々《だくだく》と頭をさげず、抗弁した。

「なにごとも、最初が肝心なのです。農具のあつかいかたがまずく、けがをする者をみましたし、収穫のしかたがいいかげんで、収穫量が落ちたことも知っています。われは他の農場にもゆくので、わかったのですが、彭氏の農場で働いてきたやつはつかいものにならぬ、といわれています。もしも、ふたたび乱が生じ、伯通さまが私兵を率いるような事態になったら、寛容だけで命令がゆきわたるとはおもわれません。つねに非常時にそなえてこそ、伯通さまがご尊父を超《こ》える道なのではありますまいか」

そういわれた農場長は瞠目《どうもく》した。

――子顔の変わりようは、どうしたことか。

いや、呉漢とは、もともとこういう男である、と想《おも》ったほうが正解であろう。幼いころから自分で問い、自分で答えをみつけてきたのだ。ひとたび人の上に立たせると、真価を発揮する。おそらく伯通さまは、それを見抜かれたのだ。

「いいだろう、おもった通りやってみよ」

農場長は突き放すようにいった。

この日から三日ほど経つと、農場内のふんいきが変わった。賃作の者たちは、若者だけではなく、きびきびと働くようになった。長い間、労働する者をみてきた農場長が、この変化に気づかぬはずはない。

――子顔のせいかな。

ほかに心あたりはない。そこでかれは呉漢の動きをさりげなく視《み》たが、これといった変化はない。たまに最年少の少年が呉漢の教えを乞うように近づくだけで、呉漢は黙々と働いている。

農作業は十日で切り上げになる。

最終日になるまえに、例年よりも収穫量が増大したことを知った農場長は、比較的呉漢の近くにいた少年をひそかに呼んで、

「呉子顔から、なにを教えられた」

と、問うた。ちなみにこの少年の氏名は、

「魏祥《ぎしょう》」

と、いう。かれはなにもかくす必要がないという顔で、

「農具の上手なつかいかたと、収穫のこつを教えてもらいました」

と、いった。

「それだけか」

農場長は解《げ》せないという目つきをした。

「それだけです」

「ほかに、なにか、あったろう」

「ありません」

魏祥はすこしふくれてみせた。自分が疑われたことに腹立ちをおぼえたのであろう。

——べつに呉漢に口止めされたわけではないらしい。

少年の観察眼には限界がある、とおもった農場長は、すでに成年になっている者にもひそかに問うた。かれは魏祥がいわなかったことを、ひとついった。それは呉漢の態度についてであり、若者たちに説教をするどころか、若者たちに語らせ、その話を熱心にきいていたということである。若者たちは、身内や友人にもいえない悩みや不満を、呉漢にうちあけていたという。

「それだけか」

またしても農場長はおなじ問いをした。

「それだけです」

この若者も憫（むっ）として去った。

それだけのはずがない、とおもいつつ、農場長は、主人の彭寵のもとに報告に行った。

「ほう、今年は増収か。呉子顔が若者たちをうまく指導したようだな」

彭寵は満足げに笑った。

「おことばですが、わたしが調べたかぎり、呉子顔はこれといった指導をおこなったわけではありません。増収になったのは、呉子顔をひきあげたことにかかわりがないと存じます」

これをきいた彭寵は急に農場長をけわしく視て、

「今年は豊作の年ではないのだぞ。われは郡府にいるので、郡内の豊凶《ほうきょう》がよくわかる。収穫を増やしたところはほとんどない。にもかかわらず、わが田は増収となった。なにかがちがわなければ、そうはならない。長年、農場長をやってきて、それもわからぬのか。老いぼれるには早すぎよう」

と、叱り飛ばした。

肩をすぼめて恐縮した農場長は、もはや抗弁もせず、しりぞいた。

軒先から室内にもどった彭寵に、

「叱りすぎではないか。あの農場長は、おもいやりのある良い監督だ」

と、声をかけたのは、友人の潘臨《はんりん》であった。かれは長安《ちょうあん》での留学を終えて郷里に帰る途中であり、彭家に逗留《とうりゅう》していた。

目で笑った彭寵は、

「かれが善良で忠誠心もあることはわかっている。が、監督としては甘い。なんじがいったように、呉子顔を副手にして、成功であった。呉子顔は、わが農場でおこなわれていた穀物の横ながしを見抜き、それをふせいだ。しかも罪人をださなかった。なかなかの男よ」

と、いった。

横ながしは数年まえからおこなわれていたようだが、彭寵はもとより農場長も気づかなかった。しかし呉漢はそれを知っていたらしい。ある夕、呉漢の友人の韓鴻という者がひそかに訪ねてきて、その事実を告げた。

「あなたさまの田は官の農地ではありませんので、そこで罪を犯した者は、官憲に突きだされず、私刑に処せられます。すべてがあなたさまのご一存で決せられるということです。たれが横ながしをおこなうか、呉子顔にはわかっているようなのですが、

今年はそれをさせないので、その者の氏名をあなたさまに告げないですませたいと申しております。お許しをいただけない場合は、若者を監督することをやめたい、とのことです」

彭寵は大いにおどろき、怒りもおぼえた。

——父が亡《な》くなったため、あとを継いだわれは、賃作の者どもにも嘗《な》められたのだ。

が、こういう激しい感情が静まると、呉漢の配慮に胸を打たれた。呉漢は農場にいる犯罪者をかばおうとし、さらに処罰がおこなわれないように気をくばっている。そこには、かならず理由がある。呉漢が私利私欲から遠いところにいることは、まえからわかっている。

「よく報《しら》せてくれた。すべては、呉子顔にまかせる。われはかれの裁量に口をはさむことはせぬ。そう伝えよ」

この決断のしかたが、彭寵の寛容のあらわれであり、結果は収穫量の増加となった。

「呉子顔にみどころがあると見抜いたのは、わたしだ。なんじに仕えぬというのであれば、たれにも仕えぬよ。が、埋もれさせてしまうには、もったいない才器だ」

と、潘臨はいい、わずかに首を横にふった。

「われが県令か郡守であれば、官途をひらいてやれるのに」

そういって彭寵は残念がった。

翌日、銭をうけとった呉漢は、いつもより銭が多いので、

「これは――」

と、農場長に問うた。

「副手代だ。伯通さまがお決めになったことだ。われにこまごまと問うな」

「それにしても、多すぎますね」

一考した呉漢は、それ以上は問わず、軽く頭をさげて、農場をあとにした。宛の郭《かく》門《もん》をすぎたところで、人影が近づいてくるのを感じた。

呉漢に寄り添ったのは、祇登である。

「あっ、あなたは――」

「しっ、黙って、われについてこい」

祇登は人目をはばかるように、呉漢を小巷《しょうこう》につれこんだ。再度、左右に目をくばった祇登は、呉漢に顔を近づけて、

「われについて、きいたことがあるだろう」

と、するどくいった。

「あなたが宛の人夫の銭を騙《かた》り取ったとききました」

「ふん、われがそんなけちなことをするかよ。われに濡《ぬ》れ衣《ぎぬ》をきせて、他人の銭をうけとったやつがいる。悪評をきいたので、われはふたたび紅陽へゆき、たしかめてきた。銭のうけとり人も、われではない、と一筆、書いてもらってきた。それが、これよ」

と、祇登は証明書がわりの牘《とく》をみせた。

祇登の正体

——この人が詐欺《さぎ》をおこなったのではない。

呉漢《ごかん》は嬉《うれ》しげに祇登《きとう》を視《み》た。

たれになんといわれようとも、祇登がうすぎたないまねをするはずがない、と信じていた。この信念がむくいられた瞬間である。話半分《はなしはんぶん》のこつをつかんだ、とも感じて、自信を得た。

「あなたが他人の銭を掠《かす》めたとは、おもいませんでしたよ」

そういった呉漢の目を凝視《ぎょうし》した祇登は、

「なんじだけは信じてよさそうだ」

と、いい、眼光からするどさを消した。

「それで、あなたの名を騙《かた》った者は、たれなのですか」

ここが肝心である。

「紅陽侯《こうようこう》の吏人《りじん》から教えられた容貌《ようぼう》に、心あたりはなかった。宛《えん》から紅陽へ行った者たちの顔は、だいたいわかっている。それにあてはまらないとすれば、他の県からきたやつだ」

祇登は腕を組んだ。

しばらく沈思していた呉漢は、

「その容貌はたしかなのでしょうか。というより、紅陽侯はほんとうに銭を支払ったのでしょうか」

と、まえからおぼえていた疑念を口にした。

「どういうことだ」

祇登はすこし目をあげた。

「紅陽侯の吏人の手もとには、賃作《ちんさく》の者の名簿があるでしょう。途中で宛に帰った者がたれであるかは、わかっているはずであり、それらの者たちへ銭をとどけると申しでた者の名もわかっているはずです。その者と銭が同時に消えたとなれば、そのような者は最初からおらず、銭を与えたことにしたか、銭はあったのに、吏人の懐《ふところ》にはいったか……」

呉漢の話をききながら祇登は指であごを掻《か》いた。

「ふふ、深読みするじゃねえか。吏人の名簿には、水増しの名が記載されていたかもしれない。上からおりてきた銭が、途中で消えるしくみだ」

「それもありますね。では、わたしは角斗《かくと》の家へゆきます」

と、呉漢は歩きはじめた。とたんに瞠目《どうもく》した祇登は、

「角斗だと……。そいつは、彭《ほう》氏の農場で働きながら、穀物をくすねていたやつだ。われがなんじに教えた名だ」

と、いいつつ、追いかけた。

「おかげで、横ながしをふせげました」

「おい、おい、角斗はちょっとした悪《わる》だぞ。彭氏に訴えれば、ただじゃあ済まねえ。そんなやつに、なんの用だ」

「銭をとどけてやるのです。伯通《はくつう》さまのおぼしめしです」

「冗談をいうな」

祇登はあきれてみせたが、呉漢は目で笑っただけでわけをいわず、明るさを失った道を歩いた。祇登は黙って蹤《つ》いてきた。

やがて呉漢は里門のわきにある矮屋《わいおく》のまえに立った。

「穢《きた》ねえ家だ」

祇登は呉漢にきこえる程度の小声でいった。屋根にも壁にも、ひびや破れがある。

「角斗さん、いるかい」

この呉漢の声に応《こた》えるように目つきのするどい青年が戸を開いて顔をだした。

「あっ、子顔《しがん》さん」

とたんに眉《まゆ》をさげた角斗は、別人のような顔になった。呉漢のうしろに立っている祇登をいぶかるようにまなざしを揺《ゆ》らしたので、

「この人は祇登といって、彭氏の農場で働くうちに、あなたの困窮に最初に気づいた人だ。あなたを助けたのは、この人といってよい」

と、呉漢は教えた。すると角斗は、

「むさくるしいところですが、どうぞ」

と、ふたりをなかにいれ、土間にひたいをすりつけた。奥にいた母親は、くわしい話を角斗からきかされていたらしく、いそいで角斗にならんで坐り、

「よくぞ、この子を助けてくれました。ご恩は、忘れません」

と、涙をこぼしつつ頭をさげた。

このようすをながめた祇登は、唖然《あぜん》として、

——どうなっているんだ、これは。

と、心中でつぶやいた。

おなじように土間に坐った呉漢は、角斗の手を執《と》り、銭をにぎらせた。両手におさまらない銭がこぼれ落ちた。おどろいた角斗は顔をあげた。

「これは——」

「はは、これは伯通さまのご恵沢《けいたく》だ。ありがたくうけとっておけばよい」

呉漢がそう語《つ》げると、角斗は手と肩をふるわせて泣いた。

——角斗とは、こういう男であったのか。

祇登はなんとなくこの家の事情がわかったような気がしたが、むろん詳細はさっぱりわからない。

「今年の冬も、安心して彭氏の農場へゆきなよ」

と、呉漢が角斗に声をかけて、家の外にでると、袖《そで》をつかんだ祇登が、

「いったい、なにがあったんだ。説明しろ」

と、強く迫った。

呉漢の晴れやかな表情も、たしかめようがないほど暗くなった。が、気がつけば、天空に月がある。

「わたしは若者を監督する副手《ふくしゅ》になりました」

「へえ、そいつは知らなかった」

「それで、あなたのことばを憶《おも》いだして、まっさきに角斗から話をききだしました。かれは不良がかっていますが、家族おもいの青年で、しかも人攫《ひとさら》いの集団に恫《おど》されていることがわかりました」

「よくあいつが、そんなことをなんじにうちあけたな」

祇登は感心した。人攫いの集団が横行していることは知っていたが、角斗を脅迫していたことは、はじめてきいた。

「あの家は貧しく、子を売らなければ、生きてゆけないときがあったのです。それをかぎつけた人攫いどもが、角斗の弟を攫い、悪事をもちかけたのです」

「角斗の弟を人質にして、横ながしを強要したのか」

祇登は腹を立てたらしく、語気がするどくなった。この憤慨《ふんがい》ぶりをみても、祇登が奸猾《かんかつ》な人ではないことがわかる。

「しかたなく角斗が穀物を盗んでかれらに渡すと、弟はかえされたのですが、味をしめたかれらは、おなじ時期にやってきては、角斗と弟を恫して、盗みをおこなわせた。夜間、かれらは農場の外に車を駐《と》め、角斗の手びきでなかにしのびこむという手口《てぐち》です」

「そいつは知らなかった。が、角斗が悪事をおこなっていることは、うすうす気づいたさ」

彭氏の農場では、夜間に警備をおこなう者がきわめてすくない。外からなかにしのびこむのは容易であろう。そこまではよくわかったという顔の祇登は、

「だが、なんじは角斗を彭氏へ突きださず、事をおさめたようだが、どういう手を打ったのか」

と、問うた。

「郵解《ゆうかい》さんをつかわせてもらいました」

祇登は足をとめて、呉漢の肩をたたいた。

「郵解か……、あいつは官憲《かんけん》の狗《いぬ》だ。まちがいない。あちこちの豪族の不正をさぐるために賃作をおこなっている」

めずらしく呉漢が笑った。

「わたしもひと月ほどまえに、友人と釣りに行ったときに知りました。ふたりで舟のなかに休んでいると、近くの草むらから声がながれてきました。それが郵解さんと吏人の話し声でした。郵解さんは、いろいろ報告をしているようでした。そのなかに人

攫いの集団が郡内を横行しているが、どうしてもかれらの尻尾をつかめないという話もありました。おどろいたことに、人攫いどもを養っているのは彭伯通ではないか、と吏人がいったのです」

「ほう……」

と、幽《ほの》かに笑った祇登は、

「うわさを拾ってゆくと、彭氏へゆきつくということはある。実際、人攫いどもは、彭氏の田からとれた禾稼《かか》を食べて悪事をかさねていたのだからな」

と、皮肉っぽくいった。

「そこで、郵解さんに、人攫いどもが夜間に車を駐める日を、さりげなく語げたのです。むろん角斗の名をださずにです」

「なんじは、ぬけめがないな。やつらは一網打尽《いちもうだじん》か」

「十数人もいたとのことです。夜間に徒党を組んで往来するだけでも重罪です。おそらく、ひとり残らず極刑でしょう」

祇登は手を拍《う》った。

「めずらしく良い話だ。なんじは角斗を救っただけではなく、彭氏の嫌疑《けんぎ》も晴らした。馬車いっぱいの銭をもらっても足りぬくらいだ。が、なんじのことだ、くわしいことはなにも語らず、いつもの賃作の銭だけをもらって帰ってきたにちがいない。ちがうか」

「想像におまかせします」

では、これで、と祇登と別れた呉漢は、

——あの人の正体はわからない。

と、おもった。彭氏の農場に出入りしていたのは、彭氏の農業の実態をさぐるためではあるまい。しかしその観察力のするどさは尋常ではなく、その思想に正義感がみえかくれする。しかも向上心を保ちつづけている。ほかの郡の方言をつかわないので、南陽《なんよう》郡の生まれであることはまちがいないが、宛県の人ではない。ただし宛県にくわしいのは、親戚、知人、友人のいずれかが宛県にいるからであろう。

——あの年齢なら、子がいれば、成人になっているであろう。

あるいは女子の嫁《とつ》ぎ先が宛県のなかの家であるかもしれない。そのようなことを考えながら家に着いた呉漢は、いきなり母に、

「今日は、良いことがありましたね」

と、いわれた。微笑した呉漢は、

「わかりますか」

と、いいつつ、兄に銭を渡した。兄も嬉しげに、

「さきほど農場長がおみえになり、禾菽《かしゅく》をとどけてくださった。なんじは副手になったそうではないか。そのせいで彭氏の田は豊作になったと喜んでおられた。なんじはそんなに働いたのか」

と、明るくいった。

「みながよく働いたのです。わたしの功ではありません」

「なんじらしいな。そういうこころがけを忘れなければ、かならずのちにみなに助けられる。人は助けあいながら生きてゆくものだ。だが、人を助けたことはあえて忘れたほうがよい。助けてもらったことだけを憶えておくことだ。これは、たれにもできそうだが、ほんとうにできる人は、百人にひとりもいまい。いまの世は、あからさまな恩讐《おんしゅう》の世界だ。大都にのぼった者が、都の人々の歩きかたをまねようとして、自分の歩きかたを忘れてしまうという話がある。なんじは、そうなってもらいたくない」

と、呉尉《ごい》は懇々《こんこん》といった。弟に人をまとめてゆく才があると感じたがゆえに、先走らないようにいさめたのである。

――兄は、こういう人であったのか。

兄のやさしさは昔から感じてきたが、今日、あらたな兄を発見したおもいの呉漢は、じつは兄に助けられてここまできたことに気づいた。この家を支えているのは自分ではなく、兄なのだ。この瞬間、呉漢のなかにわずかにあった不遜《ふそん》さが消えた。

翌年の春に、呉漢が彭氏の農場へゆくと、すぐに十数人の若者が集まってきた。そのなかに角斗もいれば十四歳になった魏祥《ぎしょう》もいた。農作業がはじまると、かれらは呉漢の手足となってよく動き、ほかの若者たちの作業に弛《たる》みをもたせなかった。

農場内に郵解はいなかったが、祇登の顔はあった。かれはさりげなく呉漢に近づいてきて、

「不良少年どもを、うまく手なずけたじゃないか」

と、からかうようにいった。

呉漢は苦笑した。この笑いのなかに哀《かな》しみをひそませた。

「一家の次男や三男は、生業に就《つ》くすべがありません。生きてゆく張りが失われた者たちのなかで、ここにきて働いている者は、不良ではありませんよ」

「ふん、まあ、そうか」

祇登はあえて冷淡にいったが、その目は笑っていた。じつは内心、

——こやつはずいぶん成長したな。

と、驚嘆していた。数年まえの呉漢は、寡黙《かもく》で陰気な青年にすぎなかった。かれは人に近づかず、人もかれに近づかなかった。ところがいまのかれの人気ぶりはどうであろう。年齢は二十四、五であろうが、無頼《ぶらい》の少年どもを頤《あご》でつかう、ちょっとした俠客《きょうかく》になれそうである。呉漢の性格には、人助けを好む性癖《せいへき》がありそうなので、義《ぎ》俠《きょう》の道へすすみそうだが、闇の世界に足を踏みいれてもらってはこまる。

――彭伯通に見込まれているかぎり、そうはなるまいが……。

と、考えている祇登は、おのれの関心が呉漢ばかりにむけられていることに気づき、われとしたことが、とあえて冷笑した。しかし彭氏の農場で、はじめて呉漢をみかけたときから、

――あの男には、尋常ならざるなにかがある。

と、強く感じた。この直感を大切にしたいとおもい、宛からなるべく離れないようにしたのである。

祇登の生まれは南陽郡の南部にある蔡陽《さいよう》である。富家《ふか》に生まれたため、十代で長《ちょう》安《あん》にのぼって、数年間留学し、それが厭《あ》きると荊《けい》州と豫《よ》州を遊覧《ゆうらん》した。馬車と従者が付いている贅沢《ぜいたく》旅である。が、この旅の途中で、豊かさから突き落とされた。家が盗賊に襲われて、両親と弟は刺し殺され、財物《ざいぶつ》はすべて奪われ、放火されて建

物の大半を失った。この禍《わざわ》いをまぬかれたのは、旅行中の祇登とすでに棘陽《きょくよう》県の豪族の家に嫁いでいた姉の祇瑛《きえい》だけであった。

祇登の家は、一夕《いっせき》に殁落《ぼつらく》した。

泣きわめきつつ蔡陽にもどった祇登は、使用人であった者たちを捜しだして、事件の真相をつきとめようとした。

かれらのなかのひとりが、

「盗賊はすべて覆面をしていたので、正体はまったくわかりませんが、首領らしき男の剣にみおぼえがありました。あの剣佩《けんぱい》は異様に白く、それを所持していたのは、食客《しょっかく》のひとりであった況糸《きょうし》です。あの者は、ご主人に養われていながら、恩を仇でかえしたのです」

と、いった。

「況糸……」

祇登が京師《けいし》にのぼるまえにはいなかった食客である。それゆえ容貌がわからない。その使用人から顔つきを教えてもらったあと、棘陽へゆき、姉に会った。

涙をながしながら弟の話をきいた祇瑛は、

「況糸が父母と弟の仇であるとしても、わたしはここから動けません。しかしあなたが仇を討《う》つまで、扶《たす》けつづけることはできます。夫も、義俠の心が篤《あつ》い人なので、かならずあなたに力を貸してくれます」

と、毅然《きぜん》としていった。

姉にそういわれてしまったかぎり、仇討ちをしなければならなくなった祇登は、そのとき二十代のなかばであり、以後、十数年間、仇を捜す旅をつづけた。ところがその間に、姉が亡《な》くなり、姉の夫も亡くなったため、祇登は支援者を失い、やむなく各地の豪族の食客となり、さらに賃作をおこなって、食いつないだ。

——ばかな人生だ。

一言でいえば、そうである。仇を討ったところで、称《ほ》めてくれる人も、喜んでくれる人もいない。すべてが徒労である。虚しくついやした歳月をとりもどすべはないものか。そんなおもいで、地をみつめていたとき、似たようなまなざしで地を視ている若者が近くにいた。それが呉漢であった。

「絶望を絵に画《か》いたような男だが、もしかすると、こういう男こそ大物になる」

祇登の心のなかに生じた声は、そういうものである。とたんに、祇登自身は虚無感から脱した。この男が雲に梯子《はしご》をかけてのぼるようなことがあれば、われはそれにつづけばよい。それが浪費した時間をとりもどすすべである。祇登はここまで生きてき

て、おのれの徳と運の力がどれほどのものか、みきわめた。呉漢には、

「いつか自分が王朝にかかわる身分になると想《おも》え」

と、教えたが、それは祇登の信念ではなく、呉漢をみているうちに自然にでたことばである。このふしぎさに、ひそかにおどろいたことを、むろん呉漢には語げていない。

「なんじは彭氏に見込まれているようだが、彭氏には仕えるな。まだ自分を縛るのは、早い」

と、祇登は呉漢にいった。

「あ、それはありません。彭伯通さまには、すでにおことわりしました」

「なんだ、もう招きがあったのか。彭氏も慧眼《けいがん》をもっているということか」

鼻で哂《わら》った祇登だが、

——こやつを彭氏にとられて、たまるか。

という意《おも》いがあった。呉漢が彭寵《ほうちょう》の家臣になれば、祇登の未来も閉じられてしまう。自分の年齢を考えると、そういう事態は、おのれを絶望の淵《ふち》に沈めるとおなじことで、どうしても回避しなければならない。

「だが……」

農作業にもどった祇登は、また鼻哂《びしん》した。

世のなかには、信じがたい事象や珍事件があるとはいえ、財力がまったくなく、郡県の高官とのつながりが皆無《かいむ》である呉漢の、なにがどうなると、諸人《しょじん》のなかで台頭《たいとう》するようになるのか。

――われは、ありえないことを夢想しているにすぎないのか。

それでもかまわないという声が心のなかで生じた。呉漢は二十歳ほど年齢が下であるとはいえ、生涯の友になりうる、と確信したからである。

珍事件は、祇登のほうに生じた。

棘陽から、この農場に人がきた。その人とは、姉が産んだ男子の夏安《かあん》である。二十五歳になった夏安は、ようやく一家の長として裁量《さいりょう》をおこなうことを長老の家人から認められ、さっそく母の弟である祇登に詫《わ》びにきたのである。母と父が亡くなってから夏家は祇登を迷惑がり、近寄らせなくなった。が、夏安は幼い心で、

――あの人は仇討ちのために、心身をすり減らしているのに、なぜわが家は扶助してあげないのか。

と、ひそかに憤慨していた。それゆえ一家の長となるや、家人に祇登のゆくえをさぐらせ、おもに宛県で賃作をおこなっていると知ると、

「おいたわしい」

と、憐憫《れんびん》し、みずから家人を従えて迎えにきたのである。

農場をあとにする祇登を見送りにきた呉漢は、

「いろいろ教えてもらいました。教訓は胸に刻《きざ》んであります」

と、いい、頭をさげた。ふりかえった祇登は、

「そっちは別れだとおもっているかもしれないが、こっちはそうおもっていない。棘陽は遠くないので、またなんじの顔をみにゆく」

と、笑いながらいった。

祇登は去った。春霞《はるがすみ》のなかにその影が消えるまで目を動かさなかった呉漢は、虚しさをおぼえ、ふと目を落として足もとの小石を視た。斜光を浴びて、その小石は光っていた。

「われに吉《よ》いことがあるのか」

そう小石に問いかけたとたん、光は失われ、黒い小石にもどった。ため息をついた呉漢が、

——この小石が黄金に変わることがあるのか。

と、内心つぶやきつつ、踵《きびす》を返すと、いぶかしげに魏祥が立っていた。

「あなたは小石と問答ができるのですか」

「ほう、なんじは石の声をききとることができるのか。おどろいたな」

「やはり、そうでしたか。あなたはふしぎな人です」

魏祥の肩をたたいた呉漢は、

「石の声をきけるなんじも、ふしぎな人ということになる。石は、なんといっていた」

と、微笑しながら訊《き》いた。歩きはじめた魏祥は、

「さわがしい……、なんとか……、ときこえました。なんとか、というのは、よくききとれなかったということです」

と、語げた。

「さわがしい、と石がいったのか」

小石と問答したわけではない呉漢は、この少年の異能を尊重する気になった。

「予言めいたことをいうと、官憲に咎《とが》められることもある。石の声については、たれにもいうな」

呉漢はそう念をおした。

この年の晩秋に、東郡太守の翟義《てきぎ》が叛乱《はんらん》を起こし、その乱は、十二月にほぼ鎮定《ちんてい》さ

れた。

「さわがしい、といったのは、この乱のことか」

と、呉漢は想いながら、新年を迎えた。

だが、この年の末に漢《かん》王朝が滅ぶことまでは、呉漢は想わなかった。

亭長就任

呉漢《ごかん》の家に多くの若者が集《つど》うようになった。

かれらをもてなしてやりたいが、呉漢の家には余剰《よじょう》の食べ物がない。この内情を知っている若者は、呉漢に迷惑をかけないように、食べ物を持ち寄った。

食べ物の調理のことを、烹調《ほうちょう》とか割烹《かっぽう》とかいうのは、烹《に》ること、蒸《む》すことがおもで、焼くという調理法はこの時代にほとんどないと想《おも》うべきである。

肉と野菜をまぜて烹たすいものである羹《あつもの》はみなの好物であり、この嗜好《しこう》は身分が上の者でもおなじである。

羹をすすりながら、若者はよく喋った。呉漢はきき上手である。かれらは裏街道を往来するほどぐれてはいないが、闇の実力者については、ぞんがいよく知っていた。おもてむきは豪族で、官制に従いつつも、裏では、犯罪者を幇助《ほうじょ》する者たちをすべて悪であるときめつけるわけにはいかない。無実の罪で逃げまどう者をかくまう義俠《ぎきょう》心《しん》が、かれらにあれば、その悪は社会にとって必要であり、官制の不備を浄化する作用にともなって生ずる灰汁《あく》といいかえてもよい。

呉漢はそんなことを考えながら、若者の話をきいた。

家が揺《ゆ》れるほど強い風が吹く日に、

「寒い、寒い」

と、いいながら、韓鴻《かんこう》がはいってきた。かれは呉漢の顔をみるや、

「とうとう漢王朝が滅んだ。王莽《おうもう》が皇帝になった。県庁に黄色の旗が樹《た》った」

と、いい、つばを吐いた。かれの強い不快感がまっすぐつたわってきたわけではない呉漢は、ためしに、

「簒奪《さんだつ》、というわけですか」

と、いってみた。このことばに鋭く反応して、

「おう、それ、それ、簒奪よ。帝位を盗んだのよ。盗みには、大小があるが、帝位を盗むほどの悪はない。王莽はもとより、この大悪事に加担した者どもも、ろくな死にかたはすまい」

と、韓鴻は呪《のろ》うようにいった。

「はは、悪事はいけない」

呉漢はこの友人の激情をかわすために、あえて笑ってみせたが、腑《ふ》に落ちぬことが多い。

呉漢の兄の呉尉《ごい》は、どういうわけか、昔あった楚《そ》の国の話が好きで、

「ここ南陽《なんよう》郡は、秦《しん》に滅ぼされた楚の国の北部だった」

などという。呉漢は十代のころにそういう話を、またか、という顔できいたが、いま憶《おも》えば、よくぞ話してくれた、と感謝したい。呉漢の歴史観はほとんど兄からの受け売りで、その視界もずいぶん狭《せま》いものではあるが、現代を別の角度から映《うつ》す鏡にはなった。

韓鴻は王莽が皇帝になったことに憤慨《ふんがい》しているが、滅亡した漢王室がもとから南陽郡を所有していたのか、と問えば、どう答えるのか。もとは楚王室の所有であった土地を秦が奪い、秦から漢が奪ったのではないか。武力をつかった強奪である。おびただしい人を殺し、多くの邑《まち》と家を破壊した戦争が正義の行為で、多くの人を殺したともおもわれぬ王莽の簒奪がなぜ不正の行為なのであろうか。

――われは理屈家か。

韓鴻が去ったあと、自嘲《じちょう》した呉漢は、弟の呉翕《ごきゅう》をつれて、県庁まえの広場へ行っ

た。なるほど庁舎には黄色の旗が樹っていた。昨日まで、その旗の色は赤であった。広場には多くの人々が集まり、新しい政府を祝っていた。王朝名は、

「新《しん》」

であるときかされた。またこの十二月一日が、

「始建国《しけんこく》元年正月朔日《さく》」

となったことも、年配の人から教えられた。あらたな王朝がこの日からはじまったのである。

「ところで、廃された幼帝は、どうなったのですか」

と、呉漢はものわかりのよさそうな人物を択《えら》んで訊《き》いた。

「さあてね……、それは知らないが、たぶん、どこかに国を与えられるはずだが……」

庶民が王朝における人事を知るよしもないが、この人の推量ははずれていなかった。帝位に即《つ》いた王莽は、幼帝である孺子嬰《じゅしえい》を公《こう》に貶《お》とし、定安《ていあん》公に封じて、一万戸を与えた。ちなみにその公国の位置は、河水が海にながれでる地点に近い平原《へいげん》郡の西北部である。

「雲の上から、おろされる人もいる……」

皇帝の子孫として生まれても、幸福であるとはかぎらない。

「翁よ」

家に帰る途中、小さな川のほとりにしゃがんだ呉漢は、成人となった弟にしみじみといった。

「角斗《かくと》を知っているな」

「兄さんを、ほんとうの兄のように慕《した》っている人でしょう」

「角斗にはふたりの兄がいた。が、ふたりともあの家にはいない。弟がいるだけだ。次兄は売られた。長兄は売られたわけではないが、なぜか、家にいない。遠方に働きにでたようでもあるが、六、七年も、帰ってこない。死んだとも考えられるが、角斗はそういっていない。これは、われだけの当て推量だが、長兄は売られた次兄をつれもどすために、諸郡をめぐって、捜しているのではないか」

「えっ、そうなのですか」

呉翁はいたましげに眉《まゆ》をひそめた。

「子を売らなければ生きてゆけなかった親のつらさをわかっていながら、長兄は親を誚《せ》め、家を飛びだしたのではあるまいか。われも、なんじが売られたら、そうするかもしれない」

「兄さん――」

呉翕は兄の形相《ぎょうそう》をみて、たじろいだ。

「わが家も貧しかったが、次男と三男であるわれとなんじは、売られることはなかった。母と長兄は、われらをかばいぬいてくれたということだ」

「わかっています」

呉翕はうつむいた。

「わかっているのなら、こんどは、なんじが母と長兄を助けよ。われは、彭《ほう》家にはいるかもしれない」

「えっ、兄さんは、彭伯通《はくつう》さまの家臣になるのですか」

「ふむ、じつは迷っている。伯通さまはまだ郡吏だが、かならず栄達なさる。伯通さまが拓《ひら》いた道をあとに蹤《つ》いてゆくのがよいか、みずから茨《いばら》の道を拓くのがよいか」

いま呉漢は多くの若者に慕われているとはいえ、一家を建てるほどの力をたくわえてはいない。かりに彭家にはいると、すぐにも彭寵《ほうちょう》に重用され、賃作の労苦からまぬかれそうである。そういう道を択ばなければ、

――三十歳、いや、四十歳まで、賃作をつづけるしかない。

という昏《くら》さしかみえない。呉漢の希望としては、三十歳までに一家を建てたいので

ある。その家で、不遇《ふぐう》をかこつ若者を養ってやりたい。

呉漢が実家から離れたいわけは、ほかにもある。

兄の呉尉には、呉彤《ごとう》という男子がいて、この子が大きくなってきた。まもなく十代になる呉彤は、体力的に父を扶《たす》けることができるようになる。すると呉尉の家族にとって、呉漢がまずよけいな者ということになろう。どの家でも、次男や三男は冷遇され、やがて不要の人となってしまう。それがわかっている呉漢は、兄にいやな顔をむけられるまえに、家をでたい。が、でるための方途は、いまのところ彭家にはいるしかない。

そういう呉漢の悩みにはじめて気づいた呉翕は、

「魏祥《ぎしょう》に占わせたらどうですか」

と、いった。魏祥にふしぎな能力がある、ということは呉漢にきかされていた。

「小石にわれの将来を問うのか」

それよりも、棘陽《きょくよう》へ去った祇登《きとう》に相談したい。あれ以来、祇登は宛《えん》にあらわれなくなった。祇登に会いたいが、祇登を迎えにきた夏安《かあん》が、どの程度の豪族であるか、それも知りたい。

「棘陽に尊敬すべき人がいる。その人に会って、途《みち》を定めたい。いや、いますぐ往くわけではない。夏までにその人が宛《えん》にこなければ、われが棘陽へ往く」

「そのときは、わたしも連れていってください」

長兄の家に居づらくなるのは、呉翕もおなじである。

ふたりが腰をあげて、小川のほとりから離れようとしたとき、呉漢の足もとの小石が黄金の光を放った。夕陽があたっているわけではない。

――どうせ錯覚だろう。

そうおもったものの、そこから離れがたくなった呉漢は、

「われはほかに寄るところがある。さきに家に帰れ」

と、弟に声をかけた。呉漢は弟が歩き去るのをみとどけて、いそいでしゃがみ、小石に手をのばした。黄金というより黄色の石であった。半透明なので、

――玉《ぎょく》のようだ。

と、その美しさに感動した呉漢は、棄《す》てがたくなり、懐《ふところ》におさめた。あとで皮袋にいれて持ち歩くようになった。

この小石が呉漢に幸運をもたらしたとはいえないが、呉漢が運命の岐路に立っていることを告げてくれた、といえなくはない。

正月にはいると、父老《ふろう》が呉家にきた。

「子顔《しがん》さんは、いるかい」

この声に応《こた》えたのは、呉尉である。

「弟は外出していますが、なにか……」

父老は民意の代弁者であり、官制にくみこまれた職ではない。郷里の自治権の象《しょう》徴《ちょう》といってよく、徳の高い人が選ばれる。

「明日、わたしとともに県庁へ行ってもらう。いいね。かならずだよ」

この強い声をうけた呉尉は、奥から顔をだした母親と心配そうに目を合わせた。夕方、帰宅した呉漢は、

「県庁へ、父老と……」

と、いい、不安を眉宇《びう》にあらわした。呉漢をなんのために県庁へつれてゆくのか。父老もわかっていないようだ、ときかされると、ますます不安が濃くなった。

「表彰《ひょうしょう》される感じではないね」

と、呉翁がいうと、呉尉が目で叱《しか》った。吉《よ》いことが県庁で待っているとわかっていれば、父老はもうすこしにこやかであったはずだ。

――われは罰せられるような、悪いことをおこなったかな。

この夜、呉漢の寐《ね》つきは悪かった。

翌朝、家のまえで父老を迎えた呉漢は、

「小心者なので、昨夜は、よくねむれませんでした」

と、腰を低くしていった。微笑した父老は、

「制度があらたまったので、それについての説明がある。ただしわたしはそなたの付《つ》き添《そ》いが要《い》るほど、からだは弱っておらず、耳も遠くない」

と、いった。

「ごもっともです」

要するに、なぜ呉漢が県庁にゆかねばならないのか、この日になっても父老は知らないということであった。

「ただし、悪い話ではない」

「そうでしょうか」

「悪い話のときは、悪い風が吹くものだ。今日の風は、春の微風だ。陽射しもある。すなわち天気はよく、逆風は吹かず、前途は明るい。こういう日に、悪い話があろうか」

父老にそういわれると、

「そういうものですか」

と、呉漢は胸裡《きょうり》に垂《た》れていた暗雲が去ったような気分になった。

県庁にはいったふたりは、しばらく待たされたあと、広間に通された。すでに県《けん》丞《じょう》や書記官などが着席しており、ふたりを坐らせると新制度について解説をおこなった。

「このたび、郡太守《ぐんたいしゅ》を郡大尹《たいいん》に、県令を県宰《けんさい》に、名称をあらためることになった。中央政府の官職名も、ことごとくあらためられたが、それについては、口頭でいってもわかりにくいであろうから、書記官から父老へ、その一覧表《いちらんひょう》をお渡しする」

この声を、父老のうしろに坐ってきいていた呉漢は、

――官職名の変更を、われがここできかされるわけがわからない。

と、首をかしげた。父老に丞、すなわち添え役が要るとは、きいたことがない。

長い説明が終わった。それを待っていたかのように県令、いや県宰があらわれた。

父老と呉漢は起立して礼客を示した。県宰は父老にねぎらいのことばをかけたあと、

「呉漢は、まえに――」

と、おごそかにいった。呉漢はおずおずと父老のまえにでた。

県宰はいちど呉漢を凝視してから、わずかにまなざしをずらした。

「本日をもって、呉漢を亭長《ていちょう》に任命する。新野《しんや》県の宰の推挙《すいきょ》もあったことゆえ、け

って辞退してはならぬ」

「はっ」

呉漢は雷《かみなり》にうたれたように、身体をこわばらせ、動けなくなった。

呆然《ぼうぜん》とした、といってもよい。

それゆえ県宰のことばもきこえなかった。父老とともに県庁をでたことさえ実感がなく、ふわふわと歩いた。

「子顔さんよ、よかったな」

父老にそういわれて、肩をたたかれたが、痛いとは感じず、

「はあ……」

と、うわの空で答えた。

「おまえさんが新野県の宰と知り合いであったとは、おどろいた。すみにおけないね」

「そんな人、知りませんよ」

呉漢はすげなくそういったが、じつは新野県の宰とは、かつて彭氏の家に逗留《とうりゅう》していて呉漢に声をかけた潘臨《はんりん》である。かれは県宰を拝命するとすぐに彭寵と連絡をとりあい、呉漢の活《い》かしかたについて意見を交換した。それらはひそかにおこなわれたこと

なので、むろん呉漢が知るよしもない。

亭長という官名は、すでに秦《しん》の時代にあらわれている。城市のなかに十里に一亭が設けられるのがふつうで、城外にも亭はある。大都市のなかの治安を分担する警察署であると想えばよいが、その建物は旅行する官吏《かんり》の休息所としてもつかわれる。また亭長は訴訟などをとりあつかうので、司法にかかわりをもつ。つまり亭長は、警察署長でありながら、行政、司法、外交と無関係ではないという立場にある。

「三十まえのおまえさんを擢登《てきとう》するとは、いまの県宰は、人をみぬく目をもっている。せいぜい励むとよいよ」

この父老は呉漢の人柄を熟知していたわけではないが、半日、行動をともにしただけで、

——呉子顔の評判のよさがわかった。

と、おもった。

呉漢は少壮という年齢でありながら、人としての重さをもっている。しかし重苦しくはない。亭長は、適任であろう。

「では、これで——」

呉漢は自宅のまえで父老に深々と頭をさげた。この父老の徳をわけてもらった、と

もおもって、感謝したのである。こういう心情がわからぬようでは父老はつとまらない。

またたきをした父老は、

「さあ、母さんを喜ばせてやりな」

と、いい、立ち去った。踵《きびす》をかえした呉漢は、家のなかに飛び込んだ。この日、兄と弟も田にでることなく、呉漢の帰りを待っていた。そこに吉報をまとった呉漢が飛び込んできたのである。

「わっ——」

と、家じゅうが明るくなった。母は涙をながして喜んだ。

「おまえが亭長とはねえ」

母はくりかえしそういっては、呉漢の背中を撫《な》でた。撫でられているうちに、呉漢の感覚が正常にもどりはじめた。

「ちょっと、彭家へ行ってくる」

ひそかに目をかけてくれた彭寵がこの擢登にかかわりがあろうとなかろうと、亭長に任ぜられたことを報告するのが、すじというものであろう。

彭家の門をたたいた呉漢を、庭先に坐らせて、横柄《おうへい》に接見したのは、彭寵の弟の彭《ほう》

純《じゅん》である。彭寵は不在であった。

「王莽の狗《いぬ》が坐るにふさわしいのは、堂上ではなく、庭であろうよ」

そういういいかたをした彭純は、父を誅《ころ》した王莽を憎悪しており、新王朝への反感もかくさない。その目は、亭長を蔑視するだけである。

呉漢はこの屈辱に耐えた。

名家に生まれ、しかも長男ではないと、高慢になるしかないのか、と呉漢はむしろ彭純をあわれんだ。人を上から視《み》ているかぎり、生涯、なにも視えない。いちどでよいから、人を下から視れば、彭純の視界に多くのものが映る。そんなかんたんなことさえ、彭純は知らず、むろんおこなわず、一生を終えるにちがいない。

「なるほど、この人にとって、路傍の石が黄金に変わることは、けっしてない」

呉漢の心の声とは、それであった。

彭純にののしられた呉漢は、またあらたに心の目がひらいた意《おも》いがしたので、今日、彭家に報告にきて、彭純のような浅劣《せんれつ》な男に会えたことに感謝した。

——彭家にはいらなくてよかった。

実感であった。

五日後に、亭長の引き継ぎがあった。

──今日から、ここが職場か。

亭は大きな建物である。しかも二階建てである。この当時の庶民の住居には、信じがたいことであるが、竪穴《たてあな》式がすくなからずあり、古代の方式から脱皮《だっぴ》していたとはいえない。矮小《わいしょう》な家屋がつらなっている光景のなかに、二階建ての亭は、屹立《きつりつ》してみえたことであろう。

一階は亭長の執務《しつむ》室となり、二階は旅行する官吏の休息所となる。

一階にある室のなかで小さな室は、寝室としてつかってもよさそうであるが、官舎は隣接しているので、そこが亭長の住居となる。下働きの者がみあたらないので、父老のもとにゆき、

「あんな大きな亭を、独《ひと》りで守るのですか」

と、問うた。

「県宰に請えば、官奴《かんど》をよこしてくれよう。そうしないなら、自分で人を雇えばよい」

父老にあっさりいわれた呉漢は、

「人を雇えば、俸《ふち》をさずけなければならないでしょう。亭長の俸禄《ほうろく》で、人を雇えるのでしょうか」

と、かさねて問うた。

「はは、亭長には、余得《よとく》がある。まあ、やってごらんよ。すぐにわかる」

「そうですか……」

不得要領《ふとくようりょう》のまま、県庁へ往った呉漢は、下働きの要請をおこなった。亭にもどると、見知らぬ男がおり、呉漢の顔をみるや、腰を低くして、

「これは、亭長の就任祝いでございます」

と、銭をさしだし、豪族の氏名を告げた。翌日も、その翌日も、別の豪族の代人がきて、銭を積んでみせた。四日後には、県内の豪族のひとりに招待され、大いにもてなされた。この日、すでに呉漢には従者がいた。角斗と魏祥である。ふたりは呉漢が亭長に任命されたと知って、

「子顔さんに仕える」

と、いって、家をでた。角斗は通《かよ》いの、魏祥は住み込みの従者となった。かれらのほかにも県からまわしてもらった下働きの者がふたりいるので、さしあたり呉漢は四人の従者をもつことになった。

夕方、帰りの馬車には、銭が積まれていた。箱のなかをのぞいた魏祥は目を瞠《みは》った。微《かす》かに笑った呉漢は、

「貧弱な庶民のためにつかえ、という、豪族のおぼしめしよ」

と、いった。

半年後、呉漢の従者は二倍になった。料理をおこなう廚人《ちゅうじん》と馬を飼う圉人《ぎょじん》がくわわった。

——これでも、まだ足りない。

訴訟の仲介をおこなうには、法の知識が要る。呉漢をはじめ従者にはその知識がない。

「どうしたものか」

と、呉漢が悩んでいるときに、亭内にはいってきた男がいた。男は笠をとった。あらわれた顔は、祇登のそれであった。おもわず呉漢は、

「先生——」

と、喜びの奇声を発した。

家と田

「よう、亭長《ていちょう》、ずいぶん評判が良いじゃないか」

これが祇登《きとう》の第一声であった。

うれしげに頭をさげた呉漢《ごかん》は、わずかに手を揉《も》み、

「お待ちしていました。助けていただきたいことがあります」

と、この珍客を官舎へいざなった。そこで、訴訟《そしょう》に関することが、うまくさばけない、と嘆いてみせた。

「おい、おい。われを書記官にするつもりか」

微笑しながら室内をながめた祇登は、

「なんじの客となって、助けてやってもよいが、この狭《せま》さは、不満だな。数人の客を養えるほど大きな家を建てよ。それができたら、きてやる」

と、いった。

「まことに――」

呉漢は目を輝かせた。祇登の学殖《がくしょく》がどれほどか、たしかめたことはないが、物識《ものし》りであることはまちがいなく、また性質に卑《いや》しさがないこともわかっている。呉漢にとって最適な顧問《こもん》である。

「しかし、先生は、棘陽《きょくよう》の夏家《か》では、貴重な存在になっておられるのでしょう。そこをでて、弊宅《へいたく》へ移ってこられることなど、あるのでしょうか」

祇登が姉の子である夏安《かあん》に迎えられたことを呉漢は知っている。わざわざ夏安が宛《えん》まで迎えにきたとなれば、祇登が夏家で冷遇されているはずがない。よくよくみれば、衣服は往時のそれとくらべものにならないほど上質である。

「家が大きくなればなるほど、弊害《へいがい》も大きくなる。弊事《へいじ》をのぞくのに、これほどてまどったということよ。また、亭長であるなんじは知っていようが、制度が大きく変わった。新皇帝は土地に関して井田制《せいでん》を実施した。これによって、大混乱さ。漢《かん》の時代より、税が重くなり、土地と奴婢《ぬひ》の売買も禁止された。それらに対応する手を打ってしまえば、夏安はわれの手を借りずに、順調に経営しつづけることができる。来年の夏までに、家を建ててよ。なんじを助けてやる」

そういった祇登は、この夕《よる》、呉漢のもてなしをうけ、翌日には、亭内に滞留《たいりゅう》した懸案《けんあん》と訴訟にかかわる書類をつぎつぎにさばいた。その手伝いを呉漢からいいつけられていた角斗《かくと》は、祇登の仕事のはやさに驚嘆し、

「鬼才《きさい》とは、このことですよ」

と、おどろきをこめて呉漢に語《つ》げた。

ところで井田制は、儒教が理想とする税の制度で、『孟子《もうし》』のなかでくわしく説《と》かれている。

一井《せい》とは九頃《けい》のことで九百畝《ほ》のことでもある。この九百畝が正方形であると仮定し、たてに二本、よこに二本、線をいれてみると、九等分になる。ちなみにその線が、

「井」

という文字になることは、いうまでもない。

この九百畝の田のうち八百畝の田を、八家で耕し、残りの百畝を共同で耕し、稼《か》穡《しょく》をおこなう。八家は自分の田における収穫を自家におさめ、共同の田における収穫を税として官にさしだす。

こうすれば、農民は納税に苦しまなくてすむ、と儒家はみた。儒教の信奉者《しんぽうしゃ》である王莽《おうもう》は、さっそくそれを制度化したのである。ところが、これは増税になった。漢王

朝は農民にやさしく、井田制より三分の一もすくない納税でよかった。王朝が替《か》わったとたん、農民は酷法《こくほう》に苦しむことになったのである。

「いちど、棘陽へ帰る」

と、腰をあげた祇登は、呉漢の耳もとで、これから法にふれ、法を犯す者が続出する、なんじは猛烈にいそがしくなろう、秦《しん》の始《し》皇帝の時代に似ることは、よくない、とささやいた。

呉漢は歴史にくわしくないが、秦の始皇帝の時代に、犯罪者が百万も二百万もでたときいている。法が厳しすぎると、

——どうせ死刑になるのなら……。

と、逃亡し、盗賊になったり、叛乱を起こしたりする者がふえる。ゆえに警察官でもある亭長は多忙になる。同時に、俠客《きょうかく》の顔をもった豪族の勢力も伸張する。犯罪者をかくまう力があるのは、かれらである。

——儒教好きの者は、頭が硬《かた》いのかな。

皇帝になった王莽が、柔軟性に欠ける政治をおこなうと、末端にいる呉漢もやりにくくなる。祇登が近くにいれば、たとえ時代が昏迷《こんめい》しても、道に迷わなくてすむ。そんな気がしている呉漢は、帰途についた祇登を見送ったあと、

「明年の夏までに、大きな家が建つか、どうか、占え」

と、魏祥《ぎしょう》にいった。

「建ちます」

速答であった。ふっ、と笑った呉漢は、

「もう石の声をきいたのか。このあたりに、石はないぞ」

と、軽くなじった。が、魏祥はすました顔で、

「風がそう告げています」

と、指を立てた。

「なんじは風角《ふうかく》にもくわしくなったのか」

風角は、風占いである。

「師に就《つ》いて学んでいるわけではありませんが、なんとなくわかるのです」

古代では音や音楽に精進するために、わざわざ目を潰《つぶ》した。が、魏祥はそういうことをしなくても、物や現象がもっている陰陽、吉凶などを感じとる異能をもっているのであろう。

「よし、風が吉を告げてくれているなら、それを信じよう。明年が楽しみだ」

呉漢は明るくいった。が、吉は年内にきた。

新しい土地制度にそぐわず、処罰の対象にされそうになった豪族を、うまくかばったことで、呉漢のもとに大きな謝礼がもたらされた。

手を拍《う》って喜んだ角斗は、

「犯罪者をださないことは王朝のためであり、法にふれさせないようにしたのは豪族のためだけではなく、豪族に連座する者たちも、豪族に従っている者、使われている者も、救ったことになります。亭長のひとつの善事が、おそらく数百人を助けたのです。祇登先生をお招きすれば、もっと多くの人を助けられます。早く家を建てましょう」

と、さっそく空き家《あや》や空き地を捜しはじめた。年末に角斗がみつけた空き家は、亭から数十歩のところにあり、呉漢もその位置が気にいったので、年があらたまるとすぐに空き家のとりこわしをはじめた。

この年、すなわち始建国《しけんこく》二年に、王莽は新貨幣を発行した。が、その種類が尋常ではない。なんと二十八種類もの貨幣が発行されたのである。人民が困惑したのは、当然であろう。

呉漢に新しい貨幣をみせられた角斗は、

「大銭《たいせん》と小銭《しょうせん》があれば充分なのに、どうしてこんなに多くの銭を造ったのでしょうか。それに銭を泉《せん》という文字にかえたのは、どうしてですか」

と、いい、首をかしげた。

たとえば大銭には、

「大泉五十《たいせん》」

という文字が鋳込《いこ》まれている。その五十というのは、漢の時代からつかわれてきた五銖銭《ごしゅせん》五十個とおなじ価値があることを表している。

「新皇帝は、銭という文字のなかに、金がはいっていることが気にいらないらしい。まえの王朝の主《あるじ》は、劉氏《りゅう》、であった。劉という文字には、金がつかわれているだろう。だから、銭という文字も嫌われた」

これは豪族から教えられた話の受け売りである。貨幣の種類を多くしたわけは、呉漢の頭ではわからない。

「へえ、そうですか。いまの皇帝はずいぶん好悪《こうお》が烈《はげ》しいのですねえ。それとも、器量が小さいのでしょうか」

呉漢は唇に指をあてた。それから、

「おい、おい、皇帝を批判すると、首が飛ぶぞ。なんじの舌禍《ぜっか》に連座するのは、ごめんだ」

と、たしなめるようにいった。角斗は首をすくめた。

晩春に、新築の家は完成した。

「広い、広い」

と、叫びながら、魏祥は家のなかを走りまわった。この家には、小さいが付属する菜園《さいえん》がある。その土をいじりながら、呉漢は、

「ここで菽《まめ》を作れる」

と、にこやかにつぶやいた。さいわいなことに角斗も住み込みになった。長いあいだ家をでていた長兄が帰ってきたという。

「一番上の兄は、はるばる幽《ゆう》州まで行ったそうです」

と、角斗は語げた。幽州は北端の州といってよい。角斗の二番目の兄は、売られ売られて幽州までながれていったのであろうか。話をきいた呉漢は、まさか将来、幽州にかかわることになるとは想像することができなかった。ちなみに角斗の長兄は、角《かく》北《ほく》といい、次兄は角南《かくなん》という。

「幽州の吏人《りじん》が宛にきて、ここで休息することはめったにないが、角南のゆくえを、いろいろな人にきいてみよう」

と、呉漢は角斗をなぐさめた。

初夏に菜園の整備を終えた呉漢は、

「これなら祇登先生を迎えられそうだが、ほんとうにきてくれるかどうか、なんじらは棘陽の夏家へ往き、ご意向をうかがってこい」

と、角斗と魏祥を発たせた。

五日後に、なんとふたりは祇登をともなってもどってきた。

「ああ、先生――」

呉漢は喜躍《きやく》した。馬車にすくなからぬ荷が積まれているということは、こちらに居を移してくれるということであろう。馬車をおりた祇登はにこやかな顔を呉漢にむけて、

「ひと月に、いちど、夏家に顔をだすという条件で、解放してもらったよ。なんじと夏安はさほど齢《とし》がちがわぬが、夏安には男児がいる。まだ幼児だが、学問をみてくれと頼まれた。ことわるわけにはいくまい」

と、いった。頭をさげた呉漢は、

「どうぞ、先生のご随意になさってください。夏家にくらべたら狭い家でしょうが、ごかんべんください」

と、いい、さっそく新居に案内した。角斗と魏祥のほかに御者《ぎょしゃ》が荷物を運び込んだ。

家のなかのほかに菜園もみた祇登は、

「われもなんじも賃作をやって、いろいろな田圃《でんぽ》をみてきた。ここでは主食となる禾穀《かこく》をとれない。城外に田が欲しいところだな。だがいまの法では、たやすく土地の売買ができない。さて、どうするか。はは、みなそれで困っているのさ。そこで、売買でなければよい、とおもいついた者がいるというわけよ」

と、いって笑った。

「それが、先生ですか」

「さあ、どうかな。なんじは一家を建てて、ほんとうにわれを迎えた。その気概に酬《むく》いてやりたくなるのが、われの気概だ」

そういって賓客《ひんかく》となって客室に起居《ききょ》するようになった祇登は、おもに呉漢の事務の手助けをし、翌年には、城外にあった田を借用するというかたちで入手し、実質的には呉漢の所有とした。

「めんどうな法のもとでは、こういうめんどうな手続きをしなけりゃならない。儒教に凝《こ》り固《かた》まったやつが考える法はこうなるから、漢の高祖《こうそ》（劉邦《りゅうほう》）は儒教を嫌ったのさ」

と、祇登は漢王朝の成り立ちを呉漢に教えた。

——漢の最初の法は、三章《しょう》のみであったのか。

章は、訓《よ》みかたが多様な文字で、綾《あや》とか彩《いろどり》の同義語であり、さらに、あきらかにする、あらわす、などと訓み、しるし、という意味もある。ここでいう三章とは、三条といいかえてよく、人を殺すな、人を傷つけるな、人の物を盗むな、この法を犯した者を処罰する、というのが漢の高祖が最初に定めた法である。

「わかりやすいですね」

呉漢は感心した。

「いつの世も、人民はわかりやすさを喜ぶ。いまの皇帝は、学問好きで、多くの者に就学《しゅうがく》を奨励《しょうれい》している。教育面では善政をおこなっているが、制度を複雑にしすぎている。漢の時代にも悪法があったはずなので、まずそれらを除くことに着手して、万民の苦痛を軽減してやり、それからおもむろに改革をすすめてゆくのがよいのに、改革をいそぎすぎだ」

祇登は漢の時代に長安《ちょうあん》にのぼって学問をしたが、官吏《かんり》に登用されたわけではないので、漢への愛着はない。むしろ王莽の善政に期待したひとりであろうが、その期待通りの政策が実施されているわけではない現状に、失望しはじめているといってよいであろう。なお王莽は地名をもいっせいに変更したので、長安を、

「常安《じょうあん》」

と、して、また南陽《なんよう》郡をほかの五郡とあわせて、

「六隊郡《りくすい》」

と、した。王莽は近畿《きんき》の諸郡を、六尉《りくい》郡、として最重要視し、ついで六隊郡を重く視《み》たということであろう。とにかくそうなったかぎり、六隊郡のなかに南陽地区があるというのが正しいことになるが、郡と県の民がその呼称にすぐに順応したとはおもわれず、旧と新の呼称をつかいわけたり、旧称しかつかわない人も多くいたであろう。ここでも、南陽をそのまま郡名としておく。庶民から遠い官職名はさておき、もっとも近い地名に関しては、

「かんたんに変えられて、たまるか」

という感情が巷間《こうかん》にあったにちがいない。そのあたりの機微《きび》に触《ふ》れるか、触れないかの差は、じつは政治の質の高低をあらわすことになるのだが、王莽にかぎらず、王朝の運営にかかわる大臣には、行政的な神経のこまやかさをもちあわせている者がすくなかった。

　とにかく、呉漢は祇登ひとりを得たことで、事務能力が向上しただけではなく、はじめて生活にゆとりをもつことができた。

「宛の亭長である呉子顔《しがん》は、羽ぶりがよいらしい」

この近隣の評判が郡外にもひろがり、呉漢に認められて客として待遇されたい者がふえた。かれらの人物鑑定は呉漢自身もおこなったが、おもに祇登にまかせた。客室は五室あるが、それらのひとつは祇登がつかっている。

「ほかの四室のうち、二室はつねに空《あ》けておき、俠客をきどる者や裏街道を歩く者を泊めてやればよい。亭長であれば、法の外にいる者たちについても知っておく必要があり、かれらから情報を採取できる」

と、祇登は助言した。

この年の末に、

「ひさしぶりですね」

と、いって、呉漢に会ったのは、旅の垢《あか》にまみれたような郵解《ゆうかい》である。以前とちがって、呉漢にむかった郵解はずいぶん腰が低い。かつて郵解について祇登は、

「あいつは官憲《かんけん》の狗《いぬ》だ」

と、いったことがある。だが、漢王朝が消滅したあと、かれは食いはぐれたにちがいない。郵解に宿泊をゆるした呉漢は、

「かれはここで、専属の客になりたがっているようにみえました。どうあつかいます

か」

　と、祇登に相談した。

　郵解は、王莽を賛美するようにみせて、じつは漢の吏人の手先であった。それを人の悪さとみるか、任務に忠実であったとみるか。

「あの男は、おのれを秘匿《ひとく》し、他人の秘密をあばきたい性向をもっている。その行為が正義につながればよい、と考えている。ただしあの男にとっての正義とは、思想的な棘《とげ》のあるものではなく、いまの政府を指している。強い主義主張はなく、狡《ずる》さはあるが、悪事は働かない。食うに困っても、豪族の手下にはならず、亭長となったなんじに頼ろうとしている。そこにあの男の気骨《きこつ》がわずかにみえる」

　祇登は郵解を嫌っていたようであったのに、ここでは好意的に観《み》た。

　呉漢は顔をほころばせて、

「郵解が、反政府の豪族の手先となって、ここに住み込もうとたくらんだとしたら、どうです」

　と、いってみた。

「ふっ、笑わせるな。県の亭長ごときが、郡の枢機《すうき》にかかわれようか。なんじを探って、なにがわかろう。あの男をつかってみよ。ぞんがい役に立つかもしれぬ」

「そうですか。では、先生のご助言に従います」

うなずいた呉漢は、この日から数日間、郵解を泊めて、語りあい、年があらたまってから、

「舎人《しゃじん》のあつかいにしたいが、どうか」

と、いった。舎人は客というよりも家臣に比《ちか》い。

「それは、ありがたい」

郵解は衣食住が保証されただけではなく、生きかたにおいても、陽《ひ》が射《さ》す道にでることができた。

「もう、他人の農場にもぐりこまなくてよいが、巷間のうわさをたんねんに拾い、悪事のにおいをかぎつけたら、すこしさぐりをいれてくれ」

「こころえました」

「それから、角南という名をおぼえておいてくれ。角斗の兄だが、売られたあと、ゆくえしれずだ。また、なんじを推挙した祇登先生には、もしかすると仇敵《きゅうてき》がいる。悠々《ゆうゆう》とすごせる夏家をでて、窮屈なここへ移ってきたのは、仇敵を捜しやすいからではないか。ただし仇敵の名は、われは知らぬ」

「へえ、そうでしたか。では、さっそく調べてみます」

かるがると腰をあげた郵解は、十日ほどして帰ってくると、

「いやあ、あの先生のご不幸は、尋常ではありませんでしたよ」

と、ききこんだことをすべて呉漢に語げた。

「恩を仇《あだ》でかえした男は、況糸《きょうし》という食客《しょっかく》なのか」

「養ってくれた主人を殺し、家に放火し、財貨をかっさらって、姿を消したそうです。独《ひと》りでやったとはおもわれません。おなじ食客を誘ってやったとすれば、その後、しめしあわせて似たようなことをやったはずなのに、郡内にそれに類した事件はありません。財貨を分けて、郡外で四方に散ったとすれば、頭の悪くない男です」

「況糸にとって、いちどだけの悪事であったとすれば、なおさら捜しにくい。いまは、善人づらをして、どこかで生きているのだろうな」

呉漢はため息をついた。況糸が利口《りこう》な男なら、その後、けっして南陽郡にはいることはあるまい。荊《けい》州だけでも、南陽郡のほかに、南《なん》郡、江夏《こうか》郡、武陵《ぶりょう》郡、長沙《ちょうさ》郡、零陵《れいりょう》郡、桂陽《けいよう》郡という六郡がある。これらの郡を巡るだけでも一、二年を要するであろう。

――祇登先生は、それをやったのだ。

祇登の年齢は自分より二十歳ほど上だと呉漢はみており、かりにいま五十歳である

とすれば、その年齢に充実感はあるまい。が、おのれの虚しさをみせずに、呉漢を佐《たす》けてくれる祇登に、いつの日にか、大きく酬いたい。

この年に、土地の売買の禁止が解除されたので、

「これで犯罪者がずいぶん減ります」

と、呉漢は胸をなでおろした。

「しかし、これで皇帝が掲《かか》げた政策の基《もとい》が崩れたことになる。要するに、皇帝が考えたことは、成年となった国民のすべてに土地をもたせ、多数の奴隷《どれい》をかかえて広大な田圃を耕作させてきた豪族や有力者の力をおさえ、農業における平等を実現することであった。この理想は、儒教における理想でもある。それを早急に実現しようとした皇帝をたたえるべきなのに、多くの人々は不便を訴え、新しい法を破った。囂々《ごうごう》たる怨嗟《えんさ》の声が、皇帝が掲げた理想の旗をおろさせた。政治とは、むずかしいものだな」

と、祇登は王莽に同情するようにいった。

これをきいた呉漢は、

――理想がすぎると悪になる。

と、とっさに悟った。祇登にはいろいろ教えてもらっている。たぶん祇登は、若いころにはかなりの秀才で、儒教にも精通していたにちがいない。しかし実家の不幸に

よって、修学をやめ、官途に就くこともあきらめた。呉漢の目からみれば、もったいない才能であるが、その才能が宛の亭長にすぎない自分を佐けてくれているとなれば、ありがたい才能である。

やがて王莽の通貨制度も破綻《はたん》をきたした。

貨幣が流通しなくなったのである。貨幣の種類の多さには政府の財力を強大にさせるしくみが秘められていたのであるが、それも人民に嫌われて、王莽の経済的意図《いと》は画餅《がべい》にすぎなくなった。

「やむをえぬ」

始建国六年になるはずの年を天鳳《てんぽう》元年に改めた王莽は、この年に、貨布《かふ》と貨泉《かせん》という二種類の貨幣を発行した。貨布一は貨泉二十五にあたる。

新しい銅銭を掌《てのひら》においた祇登は、長いあいだそれをみつめて、つぶやきはじめた。

「先生、その銅銭がめずらしいのですか」

と、呉漢は首をかしげながら声をかけた。すると祇登は掌をあげて、

「これが国家の基となる銭だ。そこには、なんと書かれているか」

と、問うた。

「貨泉、でしょう」

「ふむ、泉という文字は、ふたつに分けることができよう」

そう祇登にいわれた呉漢は、自分の掌に、

「白《はく》」

と、

「水《すい》」

という文字を指で書いてみた。

「白水ですね」

「亭長は、賃作であちこちに行ったことがあろうが、この郡の南部の県と郷《きょう》について
は知るまい」

「まったく知りません」

呉漢は頭を掻《か》いた。

「宛をでてほぼまっすぐに南へ行くと、新野《しんや》という県に到る。そこからさらに南下してから、東へむかうと、蔡陽《さいよう》という県がある。蔡陽を経て東行《とうこう》をつづけると、舂陵《しょうりょう》にゆきつく。その地は、昔、白水郷と呼ばれていた」

「へえ、そうですか」

「郷といっても、侯国であった。長沙王の分家で、代々、侯の爵《しゃく》をもっていたが、王莽にさからったため、子《し》爵に貶《お》とされ、さらにその爵もとりあげられたときく」

「では、もう、平民ですか」

「そういうことになる……。しかし、万民の手に、白水がにぎられる、とは、どういうことかな」

こういうことばによる占いも流行しており、祇登の勘はそうとうに鋭かったというべきであろう。もとの白水郷を本拠とする舂陵侯劉氏の一門から、のちの光武《こうぶ》帝の劉秀《りゅうしゅう》がでるのである。ちなみにこの年に、劉秀は二十歳であり、常安留学のために郷里をでた。宛県をかならず通るので、劉秀は呉漢の亭のまえを通過したにちがいない。

青い気柱

天鳳《てんぽう》という元号は六年までつづく。

その四年に、皇帝である王莽《おうもう》は、

「六筦《りくかん》の令《れい》」

を、再度発布《はっぷ》した。筦は、もともと笛《ふえ》のことであるが、管理の管に通じるところから、つかさどる、とも訓《よ》む。六筦は、六種の管理をいい、塩、酒、鉄などを国家が独占し、それらを管理して、専売をおこなう法令である。この法令はすでに始建国《しけんこく》二年にだされたが、徹底されないので、七年後に、罰則が強化されて再度だされた。

「これはよくない法令だ。民間に利益がまわらないどころか、いたずらに犯罪者を増やす。たとえばある家が密《ひそ》かに酒を造って売っていたら、隣《となり》近所に住む者もことごとく逮捕されて処罰される。一人の罪に、五、六十人が連座する。海内《かいだい》は犯罪者ばかりになる。処刑されたくない者は、逃亡し、盗賊となる。この法令は、皇室と王朝を富ませるために設けたにちがいないが、逆効果になるだろう。頭のよいやつにかぎって、おのれの都合でしか、ほかをみない。政治は頭でするものではない、心でするものだ」

祇登《きとう》ははじめて王莽の政治を痛罵《つうば》した。

――この先生は、いいことをいう。

呉漢《ごかん》は昔から心の目で人を視《み》ようとしてきた。それでも人をみそこなったことがあったかもしれないが、大きなみまちがいをしたことはないと意《おも》っている。

秋になり、ときどき涼《すず》やかな風が吹く日に、祇登のつかいで棘陽《きょくよう》まで往っていた郵解《ゆうかい》がもどってきた。その表情が冴《さ》えないので、

「どうした」

と、呉漢が問うた。

「へえ、先生よりさきに亭長《ていちょう》のお耳にいれることになりますが、夏家《かか》にかぎらず、どの豪族も、重税に苦しんでおります」

豪族の使用人のなかに奴隷《どれい》がいれば、ひとりにつき三千六百銭を官へ納めなければならない。すこしまえまでは、百銭あれば、一斛《こく》（十斗《と》）の米を買うことができた。

三千六百銭の課税がどれほどむごいかわかるであろう。

「それで、夏家の親戚が、税を滞納《たいのう》し、なおかつ奴婢《ぬひ》の人数をごまかしたということで、逮捕されたそうで、夏安《かあん》さまに連座がおよぶのではないか、と愁《うれ》えておられました」

「それは、あぶない。すぐに祇登先生に語《つ》げよ」

呉漢の声もうわずった。

おそらく夏安の親戚は、怨《うら》みをふくむ者に密訴《みっそ》されたのであろう。その罪が火の粉のように夏安にふりかかれば、またたくまに夏家はとり潰《つぶ》されてしまう。

ほどなく祇登が旅装であらわれた。

「亭長、あなたを推挙した新野《しんや》県の宰《さい》は、なんという氏名であったか」

「潘臨《はんりん》ですが……」

「わかった。事態が深刻になれば、新野県までゆき、あなたの名をだして、潘臨どのに助けを求めることになるかもしれぬ」

「待ってください。角斗《かくと》を付けましょう。馬車もつかってください」

呉漢はあわただしく祇登と角斗を送りだした。

ふたりが帰ってきたのは、年末である。そのまま地に淪《しず》んでゆきそうなほどの疲労《ひろう》困憊《こんぱい》であった。

「夏安さまは、連座で、獄《ごく》につながれてしまいました。家は出入りが禁止され、家計が立たなくなりました」

と、角斗は肩で息をしながら、報告した。

うつろなまなざしで無言を保っている祇登の横に坐った呉漢は、

「新野県の宰では、どうにもならなかったということですね。こうなったら、郡吏《ぐんり》を動かすしかありませんが、彭伯通《ほうはくつう》さましかすがる人はいません」

と、いい、すぐに彭家へ趨《はし》った。

が、彭寵《ほうちょう》は常安《じょうあん》へ行ったあとで、弟の彭純《ほうじゅん》が相手では話にならない。

——困った。

と、おもったが、呉漢はへこたれない。知り合いになった郡吏はほかにもいるので、夏安を釈放してもらうべく、かけずりまわった。気がつくと、新年になっていた。

「亭長、尽力に感謝する」

祇登は万策が尽きた顔で呉漢に頭をさげた。かれは呉漢の奔走ぶりを肌で感じ、ますます信愛の情を大きくした。

——これほどの男が亭長で終わるのか。

と、天に問いたくなった。

「あの……、西北から、吉《よ》い風が吹きはじめました」

おずおずと口をはさんだのは魏祥《ぎしょう》である。呉漢と祇登はおもわず目を合わせて苦《にが》く笑った。

——その吉い風とは、なにをもたらす風なのか。

夏安にかかわりのない風が吹いてくれても嬉《うれ》しくないと感じた呉漢は、

「魏祥よ、なんじの占いはよくあたるほうだが、その風は、夏安どのの安否《あんぴ》にかかわりがあるのか」

と、問うた。

困惑ぎみに眉《まゆ》をひそめた魏祥は、

「道を蔽晦《へいかい》していた草木を披《ひら》くような明るい風です。わかるのは、それだけです」

と、細い声でいった。かれは二十代のなかばに達したが、あいかわらず少年のような繊細さをもち、世俗にまみれにくい風貌《ふうぼう》を保持している。角斗はすでに妻帯者となったが、涅《でつ》すれども緇《くろ》まず、という精神のありかたをもっている魏祥に、一般的な生活臭を求めるのはむりであろう。

ちなみに呉漢も妻を娶《めと》り、

「成《せい》」

と、

「国《こく》」

というふたりの男子を得た。

魏祥の肩をたたいた呉漢は、その風が草木だけではなく、獄をも抜いてくれるといいが……、といった。

数日後、西北の風が吹き、その風とともに亭内にはいってきた人物がいた。

「われは皇帝の使いで、蘇伯阿《そはくあ》という。すこし休息させてもらうぞ」

かれは数人の従者とともに二階に昇ろうとした。そのとき、呉漢の近くにいた祇登が、

「蘇公――」

と、おどろきをこめた声で呼び止めた。

「はて……」

ふりかえった蘇伯阿は、一歩まえにでた祇登を凝視するや、

「まさか、祇登どのか」

と、瞠目《どうもく》した。

ふたりは学友といってよい。往時、長安《ちょうあん》において留学生であったふたりは意気投合した。その後、占いに長じていた蘇伯阿は王莽に昵近《じっきん》し、いまや皇室の風水師《ふうすいし》として重用されている。

――これが吉の風か。

と、脳裡《のうり》にひらめきを得た祇登は、

「どうか、助けてもらいたい」

と、いきなりこの旧友にむかって低頭し、自身の間関流離《かんかんりゅうり》はさておき、姉の子の家にふりかかった災難の内容をくわしく語った。

「罪を犯した親戚は、夏安の祖父の兄弟の家で、いまやつきあいはなく、疎遠《そえん》といってよい。連座にあたらないはずなのに、投獄されてしまった」

「ふむ、三族の罪とは、ふつう父母、兄弟、妻子を罰することをいう。それを拡大しても、父の族、母の族、妻の族に及ぶだけで、もしも祖父の族がはいるとすれば、それは九族の罪である。罪が九族まで及ぶのは、皇帝もしくは国家へ叛逆した場合だ。行政の法令にそむいたくらいで、そこまで重い連座は奇妙だな」

そういった蘇伯阿は、従者に声をかけて、棘陽の宰と丞《じょう》の氏名を調べさせた。

「棘陽の宰を多少は知っている。悪辣《あくらつ》なことをする男ではない。一県の宰は多忙であり、獄法《ごくほう》を下の吏人《りじん》にまかせて処理させている場合が多い。それをよいことに、豪族や富家に無実の罪を衣《き》せて、財産を奪う獄吏《ごくり》がいる。なんじの甥《おい》は、その罠《わな》にかけられたかもしれぬ」

よし、われにまかせておけ、といわんばかりに、自分の胸をたたいてみせた蘇伯阿は、半時《はんとき》ほど休息してから出発した。亭外にでて馬車に乗る際に、蘇伯阿は祇登の耳もとで、

「この亭長は、なかなかの器量だ。なんじのような秀才が、輔佐《ほさ》しているわけがわかった」

と、笑いながらいった。

車を牽《ひ》く馬が、一頭、新しい馬に替《か》えられている。疲労のため足どりが重かった馬を、すぐにみぬいた呉漢が、その馬をひきとって若い馬に替換《たいかん》させていた。

「かくれた逸材《いつざい》とは、どこにもいるものだ。ここの呉子顔《ごしがん》がそのひとりであるとおもったら、皇帝にかれを推挙して、中央に辟《まね》いたらどうか」

と、祇登はからかうようにいった。

「やっ、それは、どうか……。かれが郡吏であれば、できぬことはないが……」

いちど苦笑をむけてから、蘇伯阿は馬車に乗った。かれは棘陽県に立ち寄ってから、

新野県へゆく。ちなみに、往時、王莽は新野県に封地《ほうち》をもっていた。そのせいで王莽は南陽《なんよう》郡に関する知識は豊富であり、いまもこの郡を重視している。郡の最南端に緑林山《りょくりんざん》という郡境を形成している山があり、そこが盗賊どもの巣窟《そうくつ》になりつつある、ときいた王莽は、

「わが王朝を害するほどの瘴毒《しょうどく》が湧《わ》いているか、みてまいれ」

と、風水の術の達人といってよい蘇伯阿をつかわしたのである。

宛《えん》をあとにした蘇伯阿は棘陽県にはいると、さっそく県宰に面会し、

「少々、お耳に入れたいことがある」

と、人払いをさせたあと、夏安の一件を語げた。

「掾属《えんぞく》の不正も、上司の罪になりかねぬ。この件は、郡府にも朝廷にも告げぬので、ご自身でお調べになり、すみやかに処理なされよ」

そうやんわり恫《おど》した蘇伯阿が、棘陽をでて、新野にさしかかるころ、夏安は釈放された。それを知った祇登はめずらしく喜躍《きやく》し、魏祥の手を執《と》って、

「なんじは風角の名人だ」

と、感動をこめてたたえた。

ちなみに南下した蘇伯阿は、蔡陽《さいよう》を経由して、舂陵《しょうりょう》まで行った。その郷を遠望し

たかれは、大いにおどろいた。気柱《きちゅう》が立っているではないか。

「佳《よ》い気だ。鬱々葱然《うつうつそうぜん》と立っている」

鬱は、しげる、とも訓むように、物事が盛んなかたちをいう。また葱は、ねぎ、をいうが、蒼《あお》い、とも訓む。要するに、蘇伯阿が目撃したのは、青い気の柱である。その色は、五行では、木《もく》、に属し、王莽の尊ぶ土徳（黄色）を冒《おか》すものではない。

さらに南へすすんで、緑林山をはるかに望んでから引き返した蘇伯阿は、帰途、呉漢の亭に立ち寄った。呉漢と祇登はこの賓客《ひんかく》を、もろ手を挙《あ》げて歓迎した。

蘇伯阿を上座にいざなった祇登は、

「夏家に盈《み》ちた歓声を、きいてもらいたかった。蘇公の恩は、生涯、忘れぬ」

と、いい、長々と低頭した。目を細めてうなずいた蘇伯阿は、

「われは夏氏を救うことによって、棘陽の宰も助けた。これほど気分のよい旅はない、といいたいところであるが、郡界の治安はよくなかった。天子のご懸念《けねん》を払底《ふってい》させるような吉報を持ってかえることができないのは、残念である」

と、いった。勘《かん》のよい祇登は、

「緑林の賊ですか」

と、いいつつ、首をあげた。

「ふむ……、そういえば、春陵でおもしろいものをみた。蒼然《そうぜん》たる気が鬱々と立っていた。あそこは――」

「以前は、劉《りゅう》氏の侯国でした。いまは、平民になりさがっていますから、豪族の地といってよいでしょう」

と、祇登は説《と》いた。

「なるほど、貶退《へんたい》された劉氏の郷か。それでも地が悴容《すいよう》をみせず、生色《せいしょく》をみせているのは、なぜであろうか」

気を観《み》て占うことに長じている蘇伯阿でも、春陵から立ち昇っていた気を、どう解釈すべきか、わからなかった。

――蘇公は皇帝に近侍しているがゆえに、観たものをそのままうけいれることができないのだ。

この内面のつぶやきをかくしたまま、呉漢とともに蘇伯阿と数人の従者をもてなした祇登は、かれらが去ったあと、

「亭長、ふたりだけで、話がある」

と、呉漢を誘って二階に昇った。牖《まど》から仲春の光と風がはいってくる。その光と風をきらうように壁ぎわに坐った祇登は、呉漢が坐るのを待って、

「不吉なことをいうようだが、いまの王朝は、あと十年ももつまい。おそらく、五、六年後には倒壊する」

と、幽《くら》い声でいった。

呉漢は息を呑《の》んだ。が、なぜ、とは問わず、沈黙を保った。その顔をみずに祇登は、虚空にむかって語った。

「皇帝である王莽は、理想を官民に押しつけすぎた。皇帝にとっての最善は、官民にとって最悪になる場合がある。古昔《こせき》、秦の始《し》皇帝と二世皇帝のころが、そうであった。郵解が拾ってきたうわさでは、去年、琅邪《ろうや》郡で大規模な叛乱があった。なんとその首謀者は、名門貴族でも豪族でもなく、呂母《りょぼ》と呼ばれる平民の女であった。自分の子が県宰に不当に殺されたことを怨み、復讎《ふくしゅう》のために若者たちを手なずけて一挙におよんだ」

「へえ――」

さすがに呉漢は驚嘆の声を揚《あ》げた。叛乱軍の首領が女であったことが、かつてあるのか。

「厳しい法は、世を匡《ただ》すが、厳しすぎると、世を歪《ゆが》める。これも秦の末の政情とおなじだ。蘇公は緑林の賊について多くは語らなかったが、あの山は、すでに賊にとって長大な城となっている。南陽郡は王朝にとって要衝《ようしょう》なので、郡兵が多い。それが緑林の賊にはわかっているため、すぐに郡を寇掠《こうりゃく》することはあるまいが、かならず官軍と戦うときがくる。王朝は多難だ。緑林の賊だけが敵ではないと知るときがこよう。諸豪族が蜂起《ほうき》する。それらのなかに、往時の陳勝《ちんしょう》と呉広《ごこう》、劉邦《りゅうほう》と項羽《こうう》のごとき者が、かならずいる。亭長は立場上、官軍の伍長として戦場にでるかもしれないが、敵のなかに劉邦のごとき者がいれば、その者に帰属することを、ためらってはならない」

「はあ……」

書物を読まない呉漢でも、劉邦と項羽の名くらいは知っている。しかし世が乱れて、各地で豪族が峙立《じりつ》したとき、たれが次代の主導者になるのかを、どのようにしてみわけるのか。この呉漢の困惑顔をみて目で笑った祇登は、

「ひとつ、手がかりがある」

と、いった。

春陵の地に立ち昇る青い気を蘇伯阿はみてきた。

「よいか、青い気は、万物を生育させる気だ。その気によって人も物も生まれ育つ。しかも春陵の旧名は白水《はくすい》郷だ。万民の財の基《もとい》も、そこにある。となれば、春陵の劉氏が次代の主導者になることを、天が教えている」

「先生がそうおっしゃるのなら、そうでしょう。しかし、春陵の劉氏の当主が、天下を治めるほどの英傑でしょうか。かんばしい評判はまったくききませんが」

「ふっ」

と、祇登は鼻で哂《わら》った。

「昔、春陵へ行ったことがある。王莽が皇帝になる年より、はるかまえだ。当主の春陵侯は、いまの家主《かしゅ》の父で、なるほど傑物ではあったが、正義感をあらわにしすぎて、王莽に睨《にら》まれ、けっきょく畏縮《いしゅく》した。その子、つまりいまの家主は、父より器は小さいときく。臥龍《がりょう》が風雲をとらえて天に昇る、といった大器ではけっしてない」

「いまの春陵劉氏は、劉邦のようにはならない、とおもってよろしいですね」

「そこだ、謎は——」

祇登はおのれの膝《ひざ》をくりかえしたたいた。

「天下取りにかかわる者は、かならず奇瑞《きずい》をもっている。白水という文字も、蒼然たる気も、その奇瑞にあたるはずなのだが、その奇瑞の下にいる人物が、いかにも軟《なん》弱《じゃく》だ」

ここで祇登が語ったことが、のちに呉漢の命運のなかで活《い》きてくるのだが、さすがの祇登もそこまでは見通せなかった。

この年、飢饉《ききん》である。

「頭が痛い」

と、呉漢は愁えた。農産物が不作になると、かねて重税に苦しんできた農民たちは、酷法《こくほう》に耐えきれず、田を棄《す》てて逃げ去ってしまう。流民となったかれらが、すべて盗賊になるわけではないが、盗賊が増えることはまちがいがない。しかも放棄された田をかわりに耕す者はおらず、荒廃するばかりなので、農業の生産力は低下しつづけ、慢性《まんせい》的な不作におちいる。

冬のあいだ、

「多くの農民が、南へ南へと逃げています。おそらく緑林山へ逃げこむのでしょう」

と、しばしば郵解が告げにきたが、新年になると、

「昨年、琅邪郡で、大きな叛乱があったようです。一昨年、呂母を奉戴《ほうたい》した賊の残党が、勢いを盛りかえしたのでしょう。官軍が鎮圧にむかっても、勝ったとはきこえてこないので、手を焼いているにちがいありません」

と、郵解は呉漢に語った。

「そうかい。いまに諸郡は盗賊ばかりになる。皇帝は盗賊の多さに辟易《へきえき》して、六年に一度改元する、と仰《おお》せになった。改元すれば盗賊が消えるなら、郡国の兵は要《い》らない。

来年は、新しい元号になるとさ」

「亭長、いまの王朝は、だいじょうぶですか」

郵解は真顔《まがお》になって問うた。

「さあて、どうかな」

呉漢は郵解の問いをはぐらかすつもりはないが、立場上、いまの王朝が数年のうちに倒れる、とはいえない。しかし配下としてよく働いてくれている郵解を、突然、放りだすようなことをしたくないので、

「王朝というものは、いきなり崩壊はしない。われはいまの皇帝が悪人であるとはおもっていないので、王朝が傾きはじめたら、それを支える側にまわるだろう。われのような卑賤《ひせん》な者を、亭長として拾いあげてくれた政府に、多少の恩返しはしたいからだ。だが、なんじにそういう義理はあるまい。正しいとおもう者のもとへ趨ってゆけばいいさ」

と、説いた。

「亭長——」

郵解はむきになった。呉漢が政府に拾われたのであれば、自分は呉漢という個人に拾われた。つくすべき義理がないというのは、なさけないいいかたではないか。

「わたしには折り合いの悪い兄がいますが、その兄の家をでてから、天涯孤独です。しかし亭長に、はじめて人の温《あたた》かさを感じた。祇登先生は亭長について、尋常な人にあらず、とおっしゃっています。わたしもそれなりに多くの人を視てきましたが、亭長が一番だ。人を抱擁《ほうよう》する心の力とものごとを成し遂げる胆力が、ほかの人とはまるでちがう。わたしは亭長より齢《とし》は上ですが、亭長を兄としてどこまでもお仕えしたい。亭長が亡《な》くなるまで、そばに置いてもらいたい、ということです」

「郵解よ、いってくれるじゃないか」

ふっと呉漢は目頭《めがしら》を熱くした。

郵解も涙ぐんでいた。

呉漢に兄事《けいじ》するという心の容《かたち》をもっていたのは郵解だけではない。角斗と魏祥も、呉漢の身内同然で、かれの手足のごとく働いている。それをおもった呉漢は、王朝が傾頽《けいたい》するとき、

――かれらを犬死にさせたくない。

そのためにはどうすればよいか、と考え込むようになった。

宛の県内では、流言蜚語《りゅうげんひご》がしげくなった。

「赤眉《せきび》の賊」

多くの人々がそういって恐れはじめたのは、琅邪の叛乱軍のことである。かれらは官軍と戦うときに、合印《あいじるし》として眉を赤く塗るらしい。

「いや、叛乱は東方だけではないぞ。益《えき》州でも勃発したらしい。こうなると、緑林の賊が南陽を侵すのは必至《ひっし》だ」

郵解が巷衢《こうく》で拾ってこなくても、亭の周辺を歩いただけでも呉漢の耳に飛び込んでくる声は、そういうものであった。

――中央政府は、軍を二分して、東西にむけているのか。

官軍の戦略の実態はわからないが、賢いやりかたではないような気がした。西方より東方のほうがはるかに人口は多く、そこで立った赤眉の賊が巨大化するまえに撲滅《ぼくめつ》すべきではあるまいか。王朝にとって実害になるのは、西方より東方の賊である。宛の一亭長にすぎない呉漢でもわかることが、皇帝と輔相《ほしょう》にわからないのが、ふしぎであった。

とにかく不穏な一年であった。

年末に、魏祥が暗い顔をしていた。

「凶《わる》い風が吹いているか」

と、呉漢は問うた。

「冬であるのに、南風が吹いています。南風は万物を生育させ、天下に豊かさをもたらします。いわば天下泰平の風であるのに、わたしには凶風であると感じられます」

「緑林の賊が、年明けとともに動くのかな」

呉漢はそう解釈したが、実際はもっと苛酷な事態が待っていた。

新年を迎えると同時に改元がおこなわれ、地皇《ちこう》元年となった。

正月の中旬に、ふたりの従者とともに亭内にはいってきた郡吏がいた。

「それがしは零陵《れいりょう》郡の吏で況糸《きょうし》と申す。京師《けいし》へ上《のぼ》る途中です。休息させてもらいたい」

連座

呉漢《ごかん》は魯陽《ろよう》にいた。

母の親戚が集まり、先祖を祀《まつ》るというので、休暇をとった呉漢は母と弟の呉翕《ごきゅう》をともなって、南陽《なんよう》郡の北端に位置する魯陽県へゆき、その集会に参加した。

祀事《しじ》が終わったところに、血相を変えた角斗《かくと》が飛び込んできた。

――凶事《きょうじ》か。

と、呉漢は胸を暗くしたが、近くに多くの人がいるので、さりげなく、

「よく、この家がわかったな。話は、外できこう」

と、目くばせをして、門の外にでた。路《みち》からはずれたところに木陰がある。そこにおもむろに腰をおろした呉漢は、まだ息の荒い角斗に、

「まあ、坐れ。それから、舌を嚙《か》まぬように、ゆっくり話せ」

と、いって、すこし目をそらした。角斗に纏繞《てんじょう》しているあわただしさと鬼気《きき》のようなものをまともに浴びると、冷静さを失うことを恐れて、わずかに横をむいたのである。

「祇登《きとう》先生が、人を殺しました。現場をみたわけではありません。が、宛《えん》の北郊《ほっこう》で、況糸《きょうし》という零陵《れいりょう》郡の吏人《りじん》が刺殺されたときいた郵解《ゆうかい》さんが、客室に祇登先生がいないことをたしかめてから、亭長《ていちょう》の実家へゆき、呉尉《ごい》さんと話をしてから、わたしを走らせました」

角斗は舌をもつれさせながら語《つ》げた。

「況糸は、祇登先生が長年捜していた仇讎《きゅうしゅう》だ。よくみつけたな。それとも、況糸がわが亭に立ち寄ったのか」

呉漢はおどろきをこめて嘆息した。

「その日、わたしは実家にいたので、くわしくは知りませんが、零陵郡の吏人が亭内で休息した、と魏祥《ぎしょう》がいっていました」

「そうか……、われに代わって、祇登先生と郵解が応接したのだな」

事情を吞《の》みこんだ呉漢は、やるせなげに目をあげて、春の天空を瞻《み》た。

——祇登先生は仇討《あだう》ちをしたのだ。

それは、まず、まちがいない。両親と弟を殺して財を奪い、家に放火した非道の男を殺したことは、一方では美談になるが、他方では犯罪となる。殺された況糸が平民ではなく郡吏であるとなれば、盗賊の横行で多事多難の官憲《かんけん》でもみすごすわけにはいくまい。やがて犯人が祇登であるとわかったとき、祇登本人を官憲が追うことはいうまでもないが、祇登に近かった人物をも逮捕するにちがいない。

「祇登先生には、父母も妻子もいない。棘陽《きょくよう》の夏安《かあん》は、先生の甥《おい》なので、その家には捜査の手が入るが、夏安が逮捕されることはあるまい。先生は智慧《ちえ》者なので、夏安に頼るはずはなく、逃走路を北にとったと官憲に気づかせるはずだ。つまり、ここ魯陽を通って、洛陽《らくよう》のほうに逃げた」

これが呉漢の推理である。

「それで、亭長は、どうなさいますか」

「逃げる——」

「えっ」

瞠目《どうもく》した角斗に微笑をむけた呉漢は、

「祇登先生を養っていたのは、われだぞ。のこのこ宛に帰れば、待ってましたとばかり逮捕される。なんじと郵解、それに魏祥も、ひっくくられよう。さらに兄と弟と母にも官憲の手がのびる。たぶんいま官憲は祇登先生を捜しているので、わが家は捜査の対象になっていまい。ぎりぎり手を打てる」

と、いい、すこし膝《ひざ》をすすめて、こまかな指図を与えた。呉漢の妻子が家に残っている。かれらのほかに兄の呉尉とその妻子を避難させなければならない。

「それがすんだら、なんじは魏祥をともなって、洛陽にこい」

呉漢はそういいつつ、祇登が逃げてとどまった先も洛陽にちがいないとふんでいた。

「洛陽のどこにゆけばよろしいのですか」

角斗の不安の色が濃くなってきた。

「わからぬ。あそこには大きな市がある。そこで再会できよう」

「そうですか、では——」

と、腰をあげた角斗は、急に気づいたように、

「郵解さんには、なんとおつたえすればよろしいのですか」

と、指示を仰ぐ目つきをした。

「機敏な郵解が、なんじの帰りを待っているとおもうか。とうに姿をくらましている」

そういった呉漢は、角斗が走り去るのを見送ってから、天を仰いで長大息をした。

亭長に任命されて得た安定した生活をついに放擲《ほうてき》するときがきた。とはいえ、なんの罪もないのに官憲の手のとどかぬところまで逃避しなければならぬきっかけをつくった祇登を怨《うら》む気はさらさらない。

——自分が祇登であれば、やはりおなじことをしたであろう。

「不倶戴天《ふぐたいてん》」

父母を殺した仇とは倶《とも》におなじ天の下では生きない。これは儒教の思想ではあるが、儒教の信奉者《しんぽうしゃ》でなくともいだいている思想である。が、たとえ儒教が美化している行為でも、法が否定しているのが現実であるかぎり、仇討ちを称《たた》えてばかりはいられない。

——これで貧困にもどる。

安住するところさえなくなる。この嘆きをため息でくるんだ呉漢は、力なく母と弟のもとへもどると、

「青天の霹靂《へきれき》です」

と、語げ、わけをこまかく説《と》いた。母はさほどおどろかず、むしろ祇登の仇討ちに感動したようで、

「艱難辛苦《かんなんしんく》がむくいられたのは、天のあわれみがあったからでしょう。法にそむいて

も、天にそむいたわけではありません。祇登先生に天祐があったのなら、先生を扶養《ふよう》してきたそなたにも天祐があるはずです。わたしと翁は、親戚に事情を告げて、かくまってもらいます。そなたが銭もなく旅立つのは、かわいそうです」

と、いい、座を立った。母は大胆にも親戚たちの車座《くるまざ》のなかに割ってはいると、数人に低い声で訴え、餞別《せんべつ》をかきあつめてもどってきた。

――たいしたものだ。

呉漢は母の度胸にひそかに感嘆した。

「さあ、早く発《た》ちなさい。ここにいる人たちは、そなたがここにいたことを知らぬ顔ができる者ばかりです。わたしの族は、頑固者がそろっていますから」

このときほど母の微笑を美しく感じたことはない。母の愛と威《い》に打たれたように頭をさげた呉漢は、

「翁よ、母をたのんだぞ」

と、いって、起《た》ち、集会の人々にむかって一礼した。母の族人たちの好意に感謝したのである。

門の外にでたとたん、春という気候がもっている憂鬱《ゆううつ》さに襲われた。天には桃の花びらに似た雲が淡くかさなり、それを通ってきた陽光が弱く道を明るめている。

――どこをみても、もやっとしている。

あえていえば陰と陽がはっきりしない光景のなかを呉漢は歩きはじめた。これはいまの世が善と悪をはっきりさせていない写しだろう、と呉漢はおもった。とにかく亭長の職を放棄したかぎり、ふたたび官憲の側に立つことはなく、戦いがあっても、官軍の兵士にはならない。それだけははっきりした。

魯陽から北へすすむと河南《かなん》郡の梁《りょう》県に到る。南陽郡の外にでた。それだけでも、安心が増す。洛陽に着くまで、二、三の聚落《しゅうらく》を経由した。洛陽の南をながれる洛水《らくすい》を渡ると、大道《だいどう》にでる。

――この道が、洛陽と常安《じょうあん》をつないでいる。

天下の幹線である。

むろん呉漢は西の常安へむかわず、東の洛陽へむかった。塵煙《じんえん》の立つ道である。巍々《ぎぎ》たる門がみえた。

人が多い。それらの人にまぎれて生きてゆくつもりではあるが、

――これからどうすればよいか。

と、考えれば考えるほど心が暗くなる。洛陽には知人がひとりもいない。呉漢は門に近づくまえに、懐《ふところ》をさぐって、小さな皮袋をとりだした。なかには黄色い石がは

いっている。袋をひらいた呉漢はその石を指で撫《な》でた。

――わが道を照らしてくれよ。

そう禱《いの》っているうちに、すこし心が明るくなった。

呉漢はゆっくり門に近づいた。するとかなりの速さで人をかきわけてくる者がいた。

その者は呉漢の眼前に立った。

「よう、亭長、待っていた」

「祇登先生――」

呉漢は素直に喜んだ。祇登のせいで亭長という職を失ったという怨みはまったくない。それよりも、

「仇討ちを成就《じょうじゅ》なさったとききました。大慶と存じます」

と、真情を述べ、この再会に安堵《あんど》した。

小さくうなずいた祇登は、一瞬、胸を熱くしたようであったが、すぐにしんみりとして、

「仇討ちが阿呆《あほ》らしいとはいわぬが、況糸に妻子がいるのであれば、その者たちにとってわれは仇敵《きゅうてき》となった。こういうくりかえしは虚しい」

と、いいながら、呉漢の肩を抱くように歩きはじめた。

「また、このことで、亭長をはじめ、多くの者に迷惑をかけた。宥《ゆる》してもらいたい」

「亭長を罷《や》めたいとおもいはじめていたので、思い切れて、よかったかもしれません。官軍が正義の軍であると信じつづけるには、むりがあります」

本音《ほんね》であった。

いま賊とよばれている者たちの大半は、王莽《おうもう》の苛酷な法がつくりだしたといえる。人民がなにに苦しみ、なにを望んでいるか。王莽が王宮からでて、いちどでよいから、庶人《しょじん》と膝をまじえて語り合ってみれば、一日でわかり、法の弊害を除去することができよう。王莽の頭脳は明晰《めいせき》のはずである。その明晰さを、自身のためだけではなく、人民のために発揮してもらいたい。

「良薬は、苦《にが》いものだ。王莽にはそれを飲む勇気がない。王朝には正しい意見を具申《ぐしん》している者がすくなからずいる。それを聴こうとしない皇帝は暗愚《あんぐ》にみえるが、頭が悪いわけではなく、勇気がないというのがほんとうのところだ。王莽だけではなく、人としての成否は、勇気の有無《うむ》にかかっている」

「勇気ですか……」

呉漢は肩を落とした。自分に真の勇気があるとはおもわれない。

その肩をたたいた祇登は、

「勇気の所在は、みかけではわからぬ」

と、いい、歩行をはやめた。通りに人が多いので、わきみをしていると、その後ろ姿を見失いそうになる。

――洛陽見物はあとだ。

呉漢の足もはやくなった。おそらく祇登は自分の顔を多くの人の目にさらしたくはないのであろう。いつのまにか笠をかぶっている。

ひとつの里門を通るとすぐに、

「ここだ――」

と、いって、祇登は笠をぬいだ。大きな家である。門はひらいている。すばやく門内にはいった祇登は、母家《おもや》のまえに呉漢を待たせておいて、戸をあけた。祇登の声に応《こた》える声があったが、そのあと静かになった。やがて祇登とともにひとりの老人が母家からでてきた。その老人は呉漢を観察したあと、

「なるほど、なかなかの人物ですな。呉子顔《ごしがん》どの、わたしはこの家の主《あるじ》で、田殷《でんいん》といいます。官途についたことはありませんが、父祖が遺《のこ》してくれた財で、窮迫《きゅうはく》することなく暮らしております。祇登さんが父母の仇を捜していることを知っておりましたが、このたび、本望《ほんもう》をとげられたことを喜んでおります。あなたが宛で祇登さんを養

い、そのせいで、連座するにちがいないときかされ、わが義《ぎ》俠心《きょうしん》は大いに刺戟《しげき》され
たわけです。客室は空《あ》いておりますので、どのようにでもおつかいください。なお、
祇登さんとあなたに関して、家人にはいっさい話しておりません。祇登さんは蔡陽《さいよう》の生まれで、あなたは宛の生まれ
陽では、変名をおつかいください。祇登さんは蔡陽の生まれで、あなたは宛の生まれ
ですから、蔡さん、宛さんと呼ばしてもらえれば、とおもっております」
と、いった。
——この人は、本気でかくまってくれる。
田殷の表情と話しぶりでそれとわかった呉漢は、心の荷をひとつ解《と》いた。
客室に落ち着いたあと、
「あの老人とは、どのようなお知り合いですか」
と、呉漢は祇登に問うた。
「田殷どのには、男子がいた。かれも、昔、長安《ちょうあん》に留学し、われの友人となった。
その縁で、ここに遊びにきたが、われがふたたびここを訪ねたとき、われは仇を捜す
身となり、友人は病歿《びょうぼつ》していた。それもあって、田殷どのは、わが子のようにわれ
に目をかけてくれた。ひとつの救いは、友人に男児がいたことだ。あのころ生まれた
ばかりであったから、いまは三十歳になっていよう。名は汶《ぶん》という。田殷どのは、じ

つは孫に文《ぶん》という名をつけたかったようだが、田文では、孟嘗《もうしょう》君とおなじ名になり、惶《おそ》れ多いということで、汶にしたそうだ」

「よく、わかりました」

家主《かしゅ》の正体がわかれば、よけいな気づかいは無用となる。残る懸念《けねん》は、角斗、魏祥、郵解という三人が洛陽にのぼってきたとき、かれらを養う力が呉漢にない以上、田殷に依倚《いい》するしかないが、ことわられないかということである。その心事を祇登にうちあけると、

「客室でなければ、使用人の部屋をつかわせてもらえよう。なんじを売りこんでおいたので、疎略《そりゃく》にはされまいよ」

と、祇登は意味ありげに笑った。

「われを売りこんだのですか……」

祇登の意中を見通せない呉漢は苦笑するしかなかった。

三日後に、呉漢は祇登とともに母家に招きいれられた。なかに、田殷のほかにふたりいて、そのふたりははじめてみる顔であった。田殷は呉漢と祇登に着座をすすめたあと、すこし横をむいて、

「となりに坐っているのが、孫の汶です。そのとなりは、知人の許汎《きょはん》さんです」

と、いった。じつは、おふたりの見聞《けんぶん》をおききしながら昼食をとりたくなりましてな、とにこやかにいった田殷は、膳がはこばれてきたあと、ときどき質問しては、微笑し、うなずいた。

——奇妙な会だな。

食事のあいだ、田汶と許汎はほとんど語らない。田汶は終始うつむきかげんであったが、耳を澄ましてふたりの話をきいているようであった。許汎のまなざしはおもに呉漢にむけられ、箸《はし》をもつ手はあまり動かなかった。

食事を終えて、すこし雑談をしてから、母家をでた呉漢と祇登は顔をみあわせた。

奇異な感じをいだいたのは呉漢だけではない。

「あの許汎という人は、どういう人ですか」

「わからぬ。はじめてみた顔だ」

祇登は首をひねった。

このふたりが歩き去るのを、戸のすきまからみていた田汶は、いそいで奥にはいり、

「先生、どうでしたか」

と、許汎に発言をせがんだ。田殷も許汎に膝を近づけた。

じつは田汶は市《いち》の胥吏《しょり》であったが、上司との折り合いが悪く、ついに腹を立てて罷

めてきたばかりであった。いきさつを祖父に語げて、怒りをなだめてもらった夜に、悪夢をみた。自宅が水火《すいか》に襲われ、自分も死にかけたとき、急にからだが浮上した。なんと巨大な猛禽《もうきん》につかまれ、天に昇ってゆくではないか。朝、目が醒《さ》めても、その浮上するという感覚が残っていたので、さっそく祖父に夢の内容をうちあけた。

「悪夢か、吉夢か、わたしにはわからない。が、占いの先生がいるので、きいてみるとよい」

　田殷にそういわれた田汶が、夢占いを請うた先が、許汎である。話をきき終えた許汎は、

「あなたの家に、最近、客がきましたか。その客がまだ逗留《とうりゅう》しているのであれば、会わせてもらいたい」

　と、いった。翌日、正体をあかさずにふたりを観《み》た許汎は、

「なるほど猛禽だ。天下を瞰《み》て飛翔《ひしょう》する鷹《たか》か鷲《わし》といってもよい。あの宛という人物は、武をもって天子を輔翼《ほよく》する人物だ。蔡という年配の人物は、宛の影にすぎない。田汶さん、あなたは宛に会ったことで、死地を脱し、名を顕揚《けんよう》することができる」

　と、おどろきをこめて語った。

「天子を輔《たす》ける……」

まさか、と田殷と田汶は息を呑んだ。あの宛は、数日まえまで宛県の亭長にすぎず、名門の出自《しゅつじ》ではないのですよ、と田殷はいいたくなった。が、呉漢の素姓《すじょう》を語げるわけにはいかない田殷は、もどかしげに口をつぐんだままでいた。

田汶はあらかじめ許汎にこういわれていた。

「わたしは相手の人相を観ますが、あなたはなるべく顔をあげず、相手の声をきくとよい。目はごまかされても、耳はごまかされない」

いわれた通りにした田汶は、呉漢の声から誠実な胆力を感じた。しかし、天子を輔ける人物の声であるとは想《おも》わなかったので、

「あの人が、いまの天子を輔けることになるのですか」

と、許汎の胸をたたかんばかりに問うた。下級の吏人としてさげすまれ、さんざんいやなおもいをしてきた田汶にとって、この予言は、人をみかえす糧《かて》となりうる。

「さあ、それは……」

許汎はことばをにごした。宛という人物が、

「王佐《おうさ》の才《さい》」

であることはわかる。昔の王は、いまの天子にあたる、と許汎は解釈したが、そのことがいつ実現されるのかは不明である。

「とにかく、先生にきていただいてよかった」

そういった田殷は、許汎に謝礼を渡し、家人に馬車で送らせてから、田汶とふたりだけで語りあった。呉漢が偉材《いざい》であるとわかったものの、いますぐ栄達するわけではないので、あつかいかたとつきあいかたがむずかしい。許汎の予言がはずれることもありうる。そう想えば、優遇しすぎると後悔することになるかもしれない。世情が不安定であるせいか、巷間《こうかん》に質《たち》の悪い予言が多くながれはじめている。許汎の予言がそれらと同質であるとはおもわないが、にわかには信じがたかった。

「わたしはもう勤めにはでませんので、客のあつかいをまかせてもらえませんか。あの宛という人物に近づいて、観察することにします」

と、田汶はいった。

翌日、さっそく客室に顔をだした田汶は、あえて嫖《かる》い口調でことばをかけ、話し相手になり、さりげなく呉漢と祇登に昵近《じっきん》した。話術に長じているのは、田汶の特技であるといえるが、それは習得したものではなく、父祖の血が顕《あら》われたとみてよい。この家は、先祖が東方の富人《ふじん》であったが、関西《かんせい》へ移住させられた。その後、分家が洛陽へ移って賈人《こじん》として成功し、蓄財《ちくざい》した。

——如才《じょさい》ない。

それが呉漢から観た田汶の印象であった。

「母家で最初に会ったときの田汶さんは、ずいぶん暗い顔をしていたのに、変われば変わるものです」

と、いった呉漢は、祇登の意見を求めるような目つきをした。

「あのときは、市の胥吏を罷めてきたばかりであったときいた。くさくさしていたのであろうよ」

「そうですか……」

それでは田汶さんのとなりに坐っていた許汎とは何者ですか、と問おうとした呉漢は、

――よけいな詮索《せんさく》か。

と、おもいなおして口をつぐんだ。田汶の人あたりのよさには、善意がある。用心しなければならない人物ではない、と直感が教えている。

田氏の邸内に住むようになって十日ほど経《た》つと、

――そろそろ角斗らがくるころだ。

と、おもった呉漢は、市場を歩くようになった。呉漢の外出がしげくなったことを知った田汶は、わけをきかせてもらえますか、といい、話をきき終えると、

「お独《ひと》りで捜すのは、難儀でしょう。家人を付けましょう」

と、使用人をふたり添わせた。

このふたりに、三人の容貌《ようぼう》を教えた呉漢は、市場に通った。そのうち市場の商人と顔なじみになった。

やがて、

「あの人は、ちがいますか」

と、田氏の家人が発見したのが、郵解であった。この日より、五日あとに、角斗と魏祥をみつけた。

「嬉《うれ》しい――」

角斗と魏祥は空腹のせいもあって地に坐りこみ、泣かんばかりに叫んだ。

大飢饉

「ひとり、会わせたい人物がいる」

と、いった祇登《きとう》にみちびかれた呉漢《ごかん》は、いかにも豪族の家とみえる大邸宅の近くまで行った。

「そこで、待っていてくれ」

祇登が、そこ、といったのは、矮屋《わいおく》で、軒《のき》がかたむき、なかは無人であった。

――だいぶまえから空《あ》き家《や》だな。

そうおもいつつ呉漢は、家のなかにはいらず、隣家との境に立つ土壁にそって奥にすすんだ。以前は菜園《さいえん》であったにちがいないところに、雑草が生い茂っていた。その草を折り曲げて敷物がわりにすると、腰をおろした。

ほどなく、家のなかから祇登の声がした。

「ここです――」

呉漢は起《た》った。この影を認めた祇登は、

「はは」

と、笑声を揚《あ》げ、

「天造草昧《てんぞうそうまい》なり、か。亭長《ていちょう》は、みずからそれを示している」

と、いいつつ、家の外にでて草をかきわけてきた。

――天造草昧……。

祇登はときどき呉漢の理解のとどかない熟語をつかう。この語は『易《えき》』のなかにあり、

――まもなく世があらたに開くが、いまはまだ昧《くら》く、人々は不安におののいている。

という意味である。

しかし耳《みみ》学問で知識をたくわえてきた呉漢は、どれほどむずかしいことをいわれても、たじろがない心の強さをもっている。いわれたことを憶《おぼ》えておけば、やがてわかるときがくる。むしろそういうすごしかたのほうが大切であり、あえていえば、すぐにわかったことはすぐに忘れてしまい、心にとって益《えき》がない。

祇登のうしろに人影があった。その人物が笠をとるまえに、

――その剣把《けんぱ》にみおぼえがある。

と、呉漢はとっさに記憶をさぐった。美しい翠色《すいしょく》の光を放つ剣把といえば、呉漢が紅陽《こうよう》に働きにでる際にみかけたもので、そのとき友人の韓鴻《かんこう》が、

「あの人は卓茂《たくも》さまの客だろう」

と、いった。卓茂は南陽《なんよう》郡の名士であり、王莽《おうもう》の批判者でもある。十五年ほどまえの光景を脳裡《のうり》によみがえらせた呉漢は、笠をとった剣士に、

「卓茂さまの賓客《ひんかく》が、なにゆえここにおられますか」

と、いってみた。太い眉《まゆ》をもった剣士は、微《かす》かに苦笑して、

「なんだ、われを知っておったか。われは亭長に目をつけられていたのかもしれぬな」

と、祇登にむかっていった。

「まあ、坐ろう」

ふたりの袖《そで》をつかんだ祇登がまず坐った。かれは腰をおろした呉漢に、

「こちらはわれの友人で、狄師《てきし》という。剣の達人だ。況糸《きょうし》を討つに際して、かれに助力してもらった。そのせいで、かれも宛《えん》にいられなくなった。いまは洛陽《らくよう》の豪族の客となっている」

と、説明した。うなずいた呉漢は、

「さようでしたか。祇登先生はご自身の不運にめげず、甥《おい》の夏安《かあん》どのを助け、わたしのような無学な亭長を佐《たす》けてくれました。天のあわれみがようやく先生にとどいたというおもいです。本来なら、先生の仇討《あだう》ちをわたしが助けるべきなのに、あなたさまの手をわずらわすことになりました。ここでお礼を申します」

と、狄師にむかって鄭重《ていちょう》に頭をさげた。

「いやあ……」

軽く横をむいた狄師は、わずかに祇登にささやいた。

目でうなずいてみせた祇登は、

「じつは狄師の仮寓《かぐう》に不快が生じている。その豪族が政府に協力して人数をさしだそうとしている。そこで、狄師を田《でん》氏の客としたい。なんじは田汶《でんぶん》にずいぶん信頼されているようにみえる。話をしてくれぬか」

と、いった。

「たやすいことです。が、狄師どのは、農作業にむいてはいませんね。田氏邸の警護《けいご》をやってもらうことになりましょう」

じつは、呉漢は田氏の農産をてつだうようになり、すぐに監督をまかされた。呉漢が農作業に精通しているとみぬかれたからである。それからすでに半年が経《た》っている。いまは、地皇《ちこう》元年の初冬である。

「各地で起こっている叛乱を、官軍は鎮《しず》められない。青州《せい》と徐州《じょ》の叛乱は特に大きい。それとは別に、緑林《りょくりん》山の賊も肥大《ひだい》になっているので、明年、荊州《けい》軍が緑林を攻めることはまちがいない」

と、狄師はいった。

――それらの喧騒《けんそう》のおかげで、官憲《かんけん》は況糸殺害の犯人を追うどころではなくなった。

呉漢はひそかに兄の呉尉《ごい》と連絡をとりあっている。呉尉は妻の実家に避難した。官憲の追及はなかったという。

狄師からあらたな情報を得た呉漢と祇登は草中からでて帰途についた。

どこか暗い冬の天空である。濃い灰色の雲のながれが速い。

「洛陽にいつまでいられますか」

と、なかば祇登に問い、なかばおのれに問うように呉漢はいった。

「三年、といったところだな」

「わたしもそう意《おも》います。それから、どこへゆくのか……」

あの雲のように、風まかせで、ながれてゆくしかないのか。そうおもうと、心が寒くなった。

この日から五日後に、狄師が田氏邸の客室にはいった。すぐに田殷《でんいん》が呉漢のもとにきて、

「りっぱな剣士であると汝からきかされてはいましたが、まことにそうでした。あなたが客として連れてくる人は、良才《りょうさい》ばかりだ。今年も不作なのに、わが家の収穫はふえたのです。あなたのおかげだ」

と、謝意をあらわにした。

「田殷どの、明年は、たぶん大飢饉《ききん》となる。すでに祇登先生から教えられているとおもうが、禾穀《かこく》を売りいそいではなりません。今年、十倍に売れる穀物が、明年、百倍にもなる。さらに儲けた銭は、一朝《いっちょう》にして価値を失いかねないので、その銭で牛馬を買いしめることをおすすめする。政府は征伐のために軍旅を催すにちがいなく、かならず牛馬が不足するので、牛馬も百倍の値《ね》がつく。すなわち、あなたは明年、一万倍も儲けられる」

「ひゃっ――」

田殷は破顔《はがん》して小躍《こおど》りした。

「だが、喜んでばかりはいられませんぞ。海内《かいだい》の東西南北で、賊が跳梁《ちょうりょう》している。

東と南の賊は、官軍が鎮圧できないほど威勢を張っている。かれらが常安《じょうあん》にむかって進撃してくれば、ここ洛陽に住む人々の私財はことごとく掠奪《りゃくだつ》され、城内は火の海となる。そうなるまえに、あなたの財産を他所へ移すべきです」

「なるほど、なるほど」

小躍りをやめて、うなずいた田殷は、呉漢をみつめて、

「あなたは福の神だ。汝はあなたに心酔《しんすい》しており、どこまでも付いてゆきたいと申しております。随従《ずいじゅう》することを、お宥《ゆる》しいただけようか」

と、いった。

「はは、付いてくるのは、かまいませんが、わたしは亭長にもどるわけではありませんよ」

「わかっております。しかし、あなたが、天子を佐けるほどの偉材《いざい》であることも、わかっております」

突飛《とっぴ》なことをいった田殷は、あきれ顔の呉漢にむかって笑声を放った。

——天子を佐ける……。

なにが、どうなれば、そのような貴顕《きけん》の地位にのぼることができるのか。雲上《うんじょう》から梯子《はしご》がおりてくるのを待つようなものだ。しかしそのような妄誕《ぼうたん》をいって人をまど

わす性質を田殷がもっているとはおもわれない。ものがたい人なのである。あとで祇登に会った呉漢は、

「先生、わたしは天子を佐けるような人相《にんそう》をしていますか」

と、冗談めかしながら問うた。

「王佐《おうさ》の才《さい》か……。たれがそのようなことをいったのか」

祇登はとっさにおどろきをかくした。

「田殷さんに、さきほど、いわれましたよ」

「あの田殷どのが、か」

急にけわしげに眉をひそめた祇登は、呉漢の問いに答えず、きびすをかえした。そのまま狄師の室にゆき、

「ひとつ、わかったことがあった。われらの将来にかかわることだ」

と、声を低くして語りはじめた。しばらく静黙していた狄師は、

「その許汎《きょはん》という男が、占い師で、田殷はその男に呉漢を観《み》させ、呉漢が天子を輔佐《ほさ》する高位までのぼると知ったというのか」

と、つぶやくようにいい、嘆息した。おどろきをあらわさなかったが、

——そんなことがあるのか。

という烈しい疑問が胸中に生じたことはたしかである。

狄師は戦国時代に大国であった斉《せい》の貴族を始祖《しそ》としている。斉が秦《しん》に滅ぼされたあと、その家は没落し、家族の一部は南へながれてゆき、会稽《かいけい》郡に落ち着いた。やがてその郡から項梁《こうりょう》という英雄が甥の項羽《こうう》とともに起ち、兵を北上させた。狄師の先祖はその軍旅にくわわり、一兵卒から百人長に昇格し、さらに千人の隊をあずかる長となって奮戦したが、わずかな敗戦を項羽にとがめられたため、敵将である劉邦《りゅうほう》のもとへ奔《はし》った。その軍で五百人長となったものの、劉邦が皇帝になるまえに戦死した。しかしながら劉邦はかれの功を忘れず、家を建ててくれた。漢王朝の末期までつづいたその家が、狄師の実家である。

――高《こう》皇帝（劉邦）には、ご恩がある。

これが父祖からのいいつたえである。しかるに、その家は、王莽への叛逆にかかわったとみなされて、とり潰《つぶ》されそうになった。

――王莽は、漢皇室を横取りしやがった。

長男ではない狄師は憤然《ふんぜん》と家をでた。それからますます王莽への嫌悪がつのり、王莽政権を倒したいというおもいが濃厚になっている。しかし盗賊団にくわわるつもりはない。

「天子とは、たれのことだ」

その占い師の予言を信じたいが、天子というのが王莽ではこまる、と狄師はいいたい。

「わからぬ。だが、白水郷《はくすい》から、次代の天子がでるかもしれぬ」

祇登は気柱《きちゅう》の話をつけくわえた。

「はじめて知った。あそこに青い気が立ったのか。白水郷は、いまの春陵《しょうりょう》だろう。

春陵侯の先祖は……」

と、狄師は思索《しさく》するような目つきをした。

「長沙定王《ちょうさてい》の子が、家祖《かそ》だ」

「そうか……。長沙定王は、景帝《けい》の子だったな」

あえていえば長沙という地は肥沃《ひよく》さの対極にあり、最初にその地を与えられたということは、軽視されていたことにほかならない。漢の皇室の系図は、庶民にはかかわりがないものの、狄師にとっては関心がある。かんたんにいえば、景帝は高祖《こうそ》劉邦の孫であり、長沙定王は曽孫《そうそん》である。しかしながら劉邦の子孫で、王侯になった者はかなり多く、そのなかで春陵侯は格が上なわけでも、目立つ存在でもなかった。

——そんな家から次代の天子がでるはずはない。

そういう心中でのつぶやきがきこえたかのように、祇登は、
「われも半信半疑だが、いちおう、心に留《と》めておいてくれ」
と、いったあと、
——狄師は私憤《しふん》の人か……。
と、軽い落胆をおぼえた。狄師は実家にわざわいをもたらした王莽を忌嫌《きけん》すること
が思想と行動の中心になっている。もしもそういう感情が払拭《ふっしょく》されたら、そのあとに、
なにを考えてどのように行動するのかがみえない。
——ひとごとではない。
祇登も、仇討ちがすべてであった。私怨《しえん》の人であった。が、それをはたしたあと、
もしも呉漢がいなければ、虚しい逃亡者になっただけであろう。呉漢はかならず公儀《こうぎ》
にかかわる大事を成す。この予感が、祇登に志《こころざし》らしきものを生じさせ、虚しさから
救ってくれている。が、狄師はまだ呉漢のふしぎさにふれていないので、精神の幅が
せまい。べつのいいかたをすれば、まだ狄師は呉漢をみくだしている。ほんとうに人
をみぬこうとするのであれば、目の位置を低くすべきなのである。それができなけれ
ば、狄師は一部で尊敬されるだけの剣士で終わるであろう。
憮然《ぶぜん》と室外にでた祇登は、魏祥《ぎしょう》をみつけたので、

「どうだ、吉《よ》い風は吹いてこぬか」

と、問うた。

「腥風《せいふう》のみです」

「ほう、腥風……。なんじは賢くなったな。あまり賢くなると、素朴な感覚を失うぞ」

「えっ、そうなのですか」

魏祥は恐れの色を眉宇《びう》にだした。

「そうではないか。皇帝をはじめ輔佐の大臣たちはそろって賢人だ。しかしながら、賢すぎたがゆえに、ふつうの感じかたができなくなった。百万をこえる民が苦しんでいるのに、その惨状が、たれの目にも映《うつ》っていない」

「なるほど、そうですね」

魏祥はやるせなげに地にしゃがんだ。

「賊の跳梁は、じつは民の苦悶《くもん》の表現だ。それをみて反省するのが為政者の正しいありかたであるのに、かれらはわずかな反省もせずに、賊の撲滅《ぼくめつ》にやっきになっている。賊を殺すことは、民を喪《うしな》うことだ。かれらを赦《ゆる》して、おのれを正すのが、ほんとうの天子だ」

「そういう天子が、出現するのでしょうか」

「わからぬ、風に訊《き》いてみなよ」

祇登は軽く笑声を放った。

――おや……。

自分の笑声に虚しさがないことに、祇登は気づいた。これからますます擾乱《じょうらん》が烈しくなると予想されるのに、そういうむごい世情に絶望するどころか、希望さえみいだそうとしている自分におどろいた。

――呉漢に蹤《つ》いてゆけば、おもしろいなにかを観ることができよう。

これはすでに信念になっている。どうせ無為《むい》に終わるはずの人生である。呉漢がけっきょく大仕事もせず、海内のすみで朽《く》ちても、落胆はしない。要するに、祇登は呉漢が好きなのである。呉漢とともにすごす時間が長ければよい。

年があらたまり、地皇二年になった。

この年、荊州の長官というべき牧《ぼく》が、州内の兵をかき集めて大軍をつくり、緑林の賊を攻めた。

「それで、どうなったのか」

呉漢は鄒解《ゆうかい》に問うた。あいかわらず鄒解《ゆうかい》が情報を集めてくれている。

「お笑い種《ぐさ》ですよ。官軍はこなごなに打ちくだかれました。死者は数千とも一万ともいわれています」

それが戦死者の実数であれば、たいへんな敗北である。攻める側の将が緑林の賊を甘く観たのか、緑林の賊の頭目《とうもく》になっている者が用兵に長じていたのか。

「賊魁《ぞくかい》の氏名は、わかっているのか」

「王匡《おうきょう》とか、王鳳《おうほう》とか、とにかく王氏ですね」

「ふふ、皇帝も王氏だ。おなじ氏で、天と地にわかれて戦っている。これは、おそらく、王氏から天命が去るということだ」

呉漢はそう確信した。

――今年は大飢饉になる。

そう予想している呉漢は、田で働く者たちにいつも以上にこまかな指図を与えた。作物を守りぬいてやる。そういう気分であった。

この年の天候は不順であったが、ひどい旱害《かんがい》にはならなかった。しかし収穫時になると、いたるところで、

「不作だ」

という嘆きの声が挙《あ》がった。

「荊州では、蝗《いなご》の害がすさまじかったようです」

と、郵解が報告にきた。だが田氏の田は豊作である。その豊かな実りをながめた田殷は目を細めつつ、

「これは奇蹟に比《ちか》い。あなたには地の神がついている」

と、呉漢の指導ぶりを絶賛《ぜっさん》した。

作物の豊悴《ほうすい》は、ちょっとした手当の有無《うむ》がつみかさなって生じる。人も作物も、よくみてやることだ。

穀物を売りいそがなかった田殷は、その高騰《こうとう》を待って売り、得た大量の銭の半分を呉漢にあずけた。

「牛よりも馬が高値《たかね》になる」

そう角斗《かくと》と魏祥におしえた呉漢は、馬商人と知り合った利点で、馬が市場にはいるまえに買い集めた。農場にいれた多数の馬は、またたくまに政府に買いあげられた。

銭の山が軒にとどくほどになった。そのまえで身をそらして驚嘆の声を放った田殷に、

「この銭が泰《たい》山ほど高くなっても、いまの王朝がつぶれると、無価値になります。いまのうちに、戦渦《せんか》にまきこまれにくい地をえらんで、転居し、そのあたりの田圃《でんぽ》をお

買いになっておくことです」

と、呉漢は助言をおこなった。

冷水をあびせられたようにからだをふるわせた田殷は、

「汝は、自宅が水火《すいか》に襲われた夢をみたことがあります。それが正夢《まさゆめ》になりそうな気がしてきました。あなたの勧戒《かんかい》に従いましょう」

と、いい、翌日には十数人の家僮《かどう》を従えて転居先を捜しはじめた。

この転居先捜しは、翌年の春までつづけられた。祖父にかわって家の運営をおこなった田汶は、しばしば呉漢のもとにきて意見を求めた。

「ここ洛陽をでて、常安にむかう人が続出しています。が、関西《かんせい》が安全でしょうか」

「いや、安全ではないでしょう。常安を中心とする関西に避難民が充満すれば、かならず食料不足となり、争いが生じます。すぐに官倉《かんそう》は空《から》になり、中央政府は手のほどこしようがなくなる。兵糧《ひょうろう》を軍のために確保すべきでしょうから、飢えた民を棄《す》てざるをえない」

「やはり、そうなりますか。東方と南方は叛乱の巣で、西方もだめとなれば、北方しか安全な地はないということになります」

「そうですね……」

常識的には河北が平穏である。

はたして、帰宅した田殷は、

「鄴《ぎょう》県によい地をみつけてきました」

と、ほっとしたようにいった。鄴県は、河水《かすい》より北にある。より正確にいえば、冀《き》州の最南端の郡である魏《ぎ》郡の中心地が鄴県である。

——鄴県か……。

その県も交通の要衝《ようしょう》である。ということは、かならず軍事的に重視され、戦場になりやすい。

「善は急げです。呉漢はそう意ったものの、鄴県までの道は、まだ盗賊がはびこってはいないでしょう」

と、すみやかな転居をうながした。

半月後に、大半の家財を車に積み終えた田殷は、

「狄師先生をお借りします」

と、いい、百数十人の家人を従えて洛陽をでた。洛陽の家は孫の田汶にまかされた。邸内が、ずいぶんさびしくなった。田汶のもとに残っている僕人《ぼくじん》は、およそ三十人で、その人数では満足な耕作をおこなえない。それでも呉漢は田にでた。

「田は、荒廃させると、手がつけられなくなる」

土地にも生死がある、と呉漢は働く者たちにおしえた。この地にいられるのは、あと一年か、という予感がある。しかしそれまで田圃とつきあってゆきたい。

ところで、この年、すなわち地皇三年は、歴史のあらたな起点となった。

赤眉《せきび》の兵や緑林の兵のほかに、南陽郡の春陵において、劉縯《りゅうえん》と劉秀《りゅうしゅう》という兄弟が挙兵して、官軍と戦うことになったからである。

秋の収穫を終えてひと月半ほど経ったころ、呉漢のもとに祇登が趨《はし》ってきた。

「蔡陽《さいよう》の劉伯升《りゅうはくしょう》が、春陵で起ったぞ」

めずらしく祇登が興奮していた。伯升は劉縯のあざなである。蔡陽出身の祇登はおなじ県の小豪族である劉縯について多少は知っていた。

「劉伯升は、春陵侯の分家のひとつだ。もしかすると、かれが天子になるのかもしれぬ」

そうなれば、春陵に青い気が立ったという瑞祥《ずいしょう》も説明がつく。

「先生は、その劉伯升の軍に参加なさるのですか」

「いや、ゆかない。老兵とみなされて、輜重《しちょう》のお守りをさせられるだけだ。なんじといたほうがおもしろい」

「それは、助かります」

劉縯の軍隊が洛陽をめざして北上することはたやすく予想できる。が、南陽には多くの県があり、それらの県がその叛乱軍にあっさり降伏するはずがない。

「戦況を知りたい」

呉漢は郵解のほかに角斗と魏祥を郡境へ遣《や》った。その間に、田汶と今後の方途について語り合った。

「戦火が洛陽に飛んでくるようになってから脱出しようとしても、まにあわない。あなたは僕人を従えて鄴県へ往ったほうがよい。われらは少数なので、いつでも脱出できる」

呉漢はそう説《と》いて、年があらたまるまえに田汶がここから退去すべきである、と勧《すす》めた。

初秋の風

正月になると、田汶《でんぶん》は二十数人の従者とともに、洛陽《らくよう》を去った。

祖父は祖父、自分は自分なので、このまま呉漢《ごかん》に附随《ふずい》したいという田汶の心情をうれしく感じたものの、

——逃げおくれると、洛陽は死地となる。

と、強く予感している呉漢は、なかなか腰をあげない田汶をくりかえし説得して脱出を勧《すす》め、

「鄴《ぎょう》県で会いましょう」

と、約束した。なごり惜《お》しげな田汶は、

「あなたのおかげで、いのちも財も失わずにすむ」

と、いい、感謝の意《おも》いをあらわしたのであろう、すくなからぬ銭と三人の僕人《ぼくじん》を残

して発《た》った。三人の僕人は、食客《しょっかく》のために使い走りをしていた者たちである。さっそくその三人を集めた呉漢は、

「なんじらは、心ならずも田氏に使われていた。いま田氏は鄴県へ去り、ここにいるわれらはなんじらの主人ではない。洛陽は、年内には大混乱の地となろう。それゆえ、ここからでたい者は、われらにことわることなく去るがよい。年末までとどまっても、われらはなんじらをかばってやれぬ」

と、さとした。

ひとり、顔をあげた若者がいた。その者を視《み》た呉漢は、去りたければ、いま去るがよい、とうながすように、目でうなずいてみせた。その若者は、軽く頭をさげて、趨《はし》り去った。残ったのは、ふたりである。ひとりは、

「左頭《さとう》」

と、いい、まもなく三十歳という容貌《ようぼう》である。いまひとりは、三十代のなかばという齢《とし》かっこうで、

「恢《かい》」

と、いう。かれはつねに暗い目をしているが、陰険《いんけん》な感じはしない。その恢が呉漢にむかって、

「あなたさまこそ、ここにとどまっていれば、戦渦《せんか》にまきこまれ、逃げおくれることになりましょう。そういう危険を見越しながら、この宅《いえ》に残るわけは、なんでしょうか」

と、多少のけわしさをみせつつ問うた。

――この賓客《ひんかく》には、邪心があるのではないか。

そう疑っている目である。

――ほう……。

人はみかけによらない、とは、このことである。田氏に忠実な従僕とはみえなかったこの男が、じつはもっとも強い誠実さをもって田氏に仕えていたのだ。すばやくそのように判じた呉漢は、

「わが家族は、南陽《なんよう》郡にいる。ここにとどまっていれば、その安否がわかる。それだけのことだ」

と、あっさりいった。実際、角斗《かくと》や魏祥《ぎしょう》を連絡につかったことで、長兄の使いがここにきたことがある。それによると、長兄だけは妻子とともに宛《えん》の自宅にもどった。が、母と弟は、南陽郡の騒擾《そうじょう》が必至とみたのか、自宅にもどらず、親戚のもとから動かない。

——母は賢いな。

いまや宛の城は、南から進撃してきた劉縯《りゅうえん》の漢《かん》軍に包囲されようとしている。宛の県民の苦難はこれから深刻さを増すにちがいない。

田氏の広大な邸宅を、祇登《きとう》とともにあずかったかたちの呉漢は、——この家を無傷で田氏に返すことは、とうていできまい。

と、すでにあきらめている。

「どうだ、いま宛を攻めている漢軍に加わらないか」

祇登は挙兵した劉縯と劉秀《りゅうしゅう》という兄弟に同情があるらしい。あの兄弟だけは、ほかの賊とちがって、まともだ、といった。

が、呉漢はあえて関心を示さず、

「話半分《はなしはんぶん》、と教えてくれたのは、先生ではありませんか」

と、笑って、ききながした。蔡陽《さいよう》出身の劉氏兄弟がどれほど正義の人であっても、かれらの戦いは、王莽《おうもう》に奪われた政権をとりもどそうとする、いわば報復戦にすぎず、ほんとうに天下の人民のために戦っているとはおもわれない。それに挙兵するのが、早すぎる。

——陳勝《ちんしょう》と呉広《ごこう》の例がある。

かつて秦《しん》王朝の末に、叛乱の兵を最初に挙《あ》げた陳勝と呉広は、秦王朝を潰滅《かいめつ》させる寸前まで兵をすすめたが、逆襲されて、けっきょく敗死した。真の勝者は、そのあとに起《た》った項羽《こうう》と劉邦《りゅうほう》である。読書をしない呉漢でも、それくらいは識《し》っている。

――革命とは、そういうものだ。

おそらく劉縯と劉秀は、陳勝と呉広のように、短期間、隆熾《りゅうし》を誇るであろうが、ながつづきはせず、頽落《たいらく》してゆくであろう。

そういう想念のめぐらしかたがわかるのか、祇登は、

「亭長《ていちょう》よ、なかなか用心深いな」

と、なかば称《ほ》めた。が、蔡陽の富家に生まれた祇登は、劉氏兄弟のもとへ行っても、疎略にあつかわれないであろうという自信がある。しかしながら劉氏兄弟が大成功したあとでは、あつかいがちがってくる。

――われの勘《かん》が正しいか、呉漢の勘が正しいか。

祇登はかなり悩んだ。

だが、呉漢の悩みは、田圃《でんぼ》にでて耕作をおこなうことができないことで、やむなく邸宅内の庭を耕耘《こううん》して、作付《さくづ》けをおこなった。

「秋まで、ここにいるかどうか、わからぬのに、よくやるよ」

祇登にそういわれても、呉漢は意《い》に介《かい》さなかった。呉漢は土との対話を楽しんでいるともいえる。

「信じがたいうわさがあります」

六月の下旬に、郵解《ゆうかい》が奇聞《きぶん》を拾ってきた。

皇帝である王莽は、劉縯と劉秀の躍進を恐れ、大司徒《だいしと》の王尋《おうじん》および大司空《だいしくう》の王邑《おうゆう》に四十二、三万の兵を属《つ》けて、南陽郡の鎮定をおこなわせた。その兵力について世間では、

「百万」

と、いっていた。

この大軍の先陣が、昆陽《こんよう》を囲んだのである。昆陽は、昔、呉漢が働きにでかけた紅《こう》陽《よう》にかなり近い。包囲された城を守る兵は、一万未満である。ところが、夜間にひそかに城をでた劉秀が、援兵をかき集めると、馳《は》せもどって、その重厚な包囲陣を大破し、百万の兵を潰走《かいそう》させたという。

「数万の兵で、百万の大軍を破るなどということがあるとはおもわれません」

郵解がそういうと、いや、いや、と首をふった祇登が、

「青い気柱が、正しく劉氏兄弟の成功を告げていたのだ。あの兄弟が、かならず天子

の位に近づくにちがいない」

と、腕をさすった。

――そうだろうか。

鄧解の話では、劉氏兄弟の軍は単独では兵力不足なので、下江《かこう》の兵に援《たす》けを求めた。その下江の兵とは、かつては緑林《りょくりん》の賊とよばれていた叛乱軍の一部である。つまり劉氏兄弟は山賊の力を借りて攻略をおこなっている。その劉氏兄弟が天子の位に近づけば、支援してくれた賊の集団を切り捨てるにちがいなく、最高権力に手をかけた者がかならずみせる酷薄《こくはく》さを、かれらもみせるであろう。

――われはそのような権力闘争に、なんの関心もない。

できるなら、百人ほどの人を使い、かれらとともに稼穡《かしょく》をおこなう農場の主《あるじ》になりたい。そのためには、擾乱《じょうらん》のおよばない河北にゆくべきか、と呉漢は考えはじめた。

――馬商人は河北にくわしい。

呉漢は市場にでかけた。馬商人はひとりもいなかった。

数日後、ふたたび市場にでかけた呉漢の目に、おびただしい兵が映《うつ》った。道は兵に埋めつくされ、通行できる状態ではなかった。

随伴《ずいはん》している鄧解は、それをみて、

「昆陽で敗れた官兵が、退去してきて、洛陽になだれこんだのですよ」

と、早口でいった。

「それは、まずいな」

呉漢はあっさりきびすをかえした。兵はふえる一方で、帰路も兵でふさがれそうである。呉漢はいそぎ足になった。そのとき、

「呉子顔《ごしがん》ではないか」

と、呼びとめられた。声の主は矮屋《わいおく》の陰《かげ》にいて、よく顔がわからない。

「はて――」

足をとめた呉漢は、うかがうように路傍にまなざしをむけた。

「ここで、そなたに遭《あ》うとは――」

そういいながら、陽射しのなかにでてきたのは、旧主にひとしい彭寵《ほうちょう》であった。

「あっ、伯通《はくつう》さま――」

おもわず呉漢は地に片膝《かたひざ》をついた。

「久しいな」

と、いいながら、呉漢の身なりをさりげなく観《み》た彭寵は、すこし身をかがめて、

「しばらくわれらをかくまってくれぬか」

と、あたりをはばかるような声でいった。

「おかくまいする……」

呉漢は困惑ぎみに顔をあげた。よくみると、彭寵のうしろには馬を牽《ひ》いた従者と五人ほどの兵がいる。あきらかに官軍として戦ってきた兵であり、逃げ隠れする必要があるとはおもわれない。

「わけは、あとで話す」

彭寵にそういわれた呉漢は、わかりました、とこたえて、かれらを先導し、田氏邸に帰着した。郵解と祇登は、彭寵の農場で働いていたことがあるものの、彭寵の顔を知らない。その点は、角斗と魏祥もおなじであるが、かつての雇い主の名を知らぬはずはなく、かれらはひとしく、

「このかたが、彭伯通さま……」

と、驚嘆し、いっせいに跪拝《きはい》した。

やわらかくうなずいてみせた彭寵は、あたりに目をやってから、

「ずいぶん大きな邸宅だが、まさか、子顔がここの主ではあるまい」

と、いった。

「仰《おお》せの通りです。家主は田殷《でんいん》と申し、居を鄴県へ移しましたので、われがあずかっ

ているにすぎません」

「さようか。われと六人の随従者に飲食物を与えてくれまいか」

なるほど、彭寵と従者には疲労の色が濃い。かれらは敗戦の陰翳《いんえい》のなかにいるといってよい。

——戦いに負けると、精彩を失うものだな。

そう感じつつ、呉漢は、

「たやすいことです。では、さっそくに——」

と、いい、角斗、魏祥、左頭などをつかって食事の支度《したく》をさせた。左頭という新附《しんぷ》の男は、以前から呉漢に関心があるらしいが、あえて親狎《しんこう》をひかえる態度を守りぬいている。が、祇登は左頭の意望をみぬいたように、

「あの男は、田氏の家僕《かぼく》で終わりたくないとおもっている。なんじに従って、新天地をみたいひとりよ」

と、呉漢にささやいたことがある。わざとおどろいてみせた呉漢は、

「わたしのゆくてには、新天地があるのですか」

と、苦笑をまじえて問うた。

「おう、あるさ。新天地にはいるためには、時の扉《とびら》を開かねばならぬ。ところが、そ

の扉は、余人にはみえぬ」

「先生にも――」

「残念ながら、どれほど知識が豊かでも、どれほど身分が高くても、その扉はみえない。が、なんじにはみえる。ゆえに、扉を開くことができる」

「へえ、これは、おどろいた」

時の扉など、どこにあるというのか。そういう奇異なものを発見するには特殊な能力が要《い》るであろう。だいいち呉漢は、気柱さえ観たことがない。

「ふふ、蘇伯阿《そはくあ》などの方士《ほうし》の目に、そういう扉が映ると想《おも》っているのか。かれらは、だめだ。たしかに常人の目に映らないものを観る能力をそなえているが、それが扉であっても、かれらは籥《かぎ》をもっていない。ゆえに扉をあけられない」

「籥……。それを、わたしはもっているのですか」

「たぶん」

と、いって鼻で哂《わら》った祇登は、

「その籥の持ち主がなんじであろう、と感じているがゆえに、われをはじめ左頭まで、なんじに附随しつづけようとしている。特殊な能力がなくても、人には勘というものがある。あなどってはなるまいよ」

と、強い語気でいった。

あとでふりかえってみれば、彭寵と従者をもてなしたのも、時の扉へ近づく道をすすんだことになるかもしれない。

食事の席について、彭寵らを応接したのは、呉漢、祇登、郵解という三人である。

食事が終わるころ、箸《はし》を置いた呉漢はまっすぐ彭寵を視て、

「さきに、あなたさまは、かくまってくれ、と仰せになりました。それはどういう意味なのでしょうか」

と、問うた。心にひっかかっているのは、そのことである。

彭寵も箸を置いた。

「なんじは知らぬであろうが、郡吏《ぐんり》であったわれは、抜擢《ばってき》されて、大司空にお仕えすることになった。大司空とは、王邑さまのことだ。南陽における賊軍の暴恣《ぼうし》が熄《や》まぬので、大司空は大司徒の王尋さまと、百万の大軍を率いて東へむかった。だが、なんじはすでにきいているであろうが、昆陽において、官軍は大敗した。大司空は洛陽まで引き揚げてきた。ゆえに、われも洛陽にいる。ここまでは、よい。だが、困ったことに、わが弟が賊である漢軍にいることがわかった。その事実を大司空に知られれば、われはただちに斬殺される。ゆえに、かくまってくれ、といったのだ」

彭寵の弟は、彭純《ほうじゅん》である。

――あの人は、王莽を憎んでいるからな。

劉氏兄弟の陣へ走り込んだのは、うなずける。

「宛へ、お帰りになりますか」

呉漢はそう問うた。彭寵は微《かす》かに笑った。

「宛の城は、すでに賊軍によって落とされているであろう。帰りたくても、そこには帰れぬ」

ゆくところがなく、途方にくれている、というのが彭寵の現状である。

――官軍と賊軍の闘争の場の外へゆくしかない。

「われらはまもなく洛陽をでて、鄴県へむかいます。あなたさまも、われらとともに河北へゆかれたらどうですか」

官軍の敗兵が城内になだれこんできたかぎり、この邸宅がかれらに踏み込まれるのも必至である。

「河北か……」

しばらく黙考《もっこう》した彭寵は、軽く膝を打って、

「幽《ゆう》州の漁陽《ぎょよう》郡にはわが父の故吏《こり》がいる。その者たちを頼ってみるか」

と、弱い息でいった。

「では――」

と、彭寵をはげますように強くいった呉漢は、食事を終えると、すぐに恢を呼んだ。

「われらは明朝、伯通さまとともに、鄴県へむかって発つ。あとのことは、なんじに頼みたい」

とたんに恢がうろたえた。

「わたし独《ひと》りがここに残って、なにができましょうか。わたしもどうかお連れくださ い」

「そうか、それなら、いまから支度にとりかかれ」

この邸宅を棄《す》てたくないと恢が考えているのであれば、踏み荒されるまえに、官軍の将士《しょうし》をいれる手もある、と呉漢は考えていたのであるが、そこまでの執念を恢がもっていないとみきわめると、出発の準備をはじめた。

――母や兄から遠ざかることになるが、やむをえない。

再会するのは、世の流速《りゅうそく》がおだやかになってからでよい。

官軍の敗兵が都内に充満するまえに脱出するつもりであった呉漢は、すこし遅れたかな、と肝《きも》を冷やしたが、彭寵が馬車に官の旗を樹《た》ててくれたおかげで、妨害と襲撃をまぬかれることになった。

早朝は淡い霧がでていた。その霧を払いつつ、開いたばかりの北門をでると、まっすぐに平陰《へいいん》へむかった。そこから河水《かすい》を渡ってしまえば、ひとまず混乱の外へでる。

河水のほとりに到着するや、彭寵は船と筏《いかだ》をもっている者たちに、

「官のご用である。至急、対岸までわれらを渡すべし」

と、いいつけた。それだけではなく大量の銭を与えたので、渡河《とか》はすみやかであった。下船したあと、東へすすんで、河陽《かよう》に到ったとき、ようやく全員の緊張が解《と》けた。

河水の南はこれから擾乱がますます烈しくなるであろうが、北にはその烈風がとどきにくい。天下を四つに分けると、東には赤眉《せきび》の軍があり、南には劉氏の漢軍がある。その巨大なふたつの軍が移動すると想定すれば、皇帝のいる常安《じょうあん》へ、すなわち西へむかって、であろう。その攻略が完了しないかぎり、両方の軍は河北に手を伸ばしてこない。また両軍は攻略の途中で、衝突するかもしれず、そうなると政府軍が息をふきかえす。三者ははてしなく闘争をくりかえすであろう。

――漁父《ぎょふ》の利《り》は、河北にある。

河北に戦火が飛んで荒弊《こうへい》するまえに、富をたくわえ兵を養う英雄がいれば、その者が天下を取るであろう、というのが、呉漢が脳裡《のうり》に粗々《あらあら》と画《か》いた未来図である。ただ

し、たとえ河北にそういう英雄が出現しても、呉漢は戈矛《かぼう》を執《と》ってその者に帰属しようとはおもわない。家族と従者を養ってゆけるほどの産業をうち立てることができれば、それでよいのである。

河水の北の河内郡《かだい》をぬければ、冀《き》州の魏《ぎ》郡にはいる。鄴県は魏郡の南部にあるので、郡境からは近い。この郡境にさしかかったとき、

「お願いがあります」

と、左頭が呉漢に近寄った。その願いというのは、田氏のもとにもどらず呉漢の従者でいたい、ということである。

「わかった。では、ひとまず彭伯通さまの従者となって漁陽へむかえ。われは田氏に会わなければならないが、鄴県にとどまるつもりはない。遅れて漁陽へゆく」

そう語《つ》げた呉漢は、このあと、彭寵と密談をおこなった。呉漢は左頭だけでなく、祇登と郵解も彭寵にあずかってもらうことにした。それらの人数をくわえた彭寵と従者は、鄴県に立ち寄らず、通過することにしたので、呉漢は鄴県の門前で、

「では、漁陽でふたたびお目にかかります」

と、鄭重《ていちょう》に彭寵にいい、かれらを見送った。左頭が田氏のもとに帰参しないと知った恢は、不快げなまなざしを呉漢にむけた。

「そういまいましげに睨《にら》むな。なんじがどのように田氏に報告するのかは知らぬが、ここまで戦乱がひろがると、財産もいのちも、たれも守ってはくれぬ。自分で守るしかないのだ。生きのびる道も自分で捜すしかない」

と、呉漢はさとすようにいって、門内にはいった。かれはまっすぐに県庁にむかい、庁舎内にはいると、

「われは、故《もと》、宛県の亭長です。戸籍《こせき》を管理なさっているのは、どなたですか」

と、きき、転入届けの有無を確認した。

「あった——」

田殷と田汶が住む里を名籍にみつけた呉漢は、その吏人《りじん》に礼をいい、県庁をでた。

「まだ、ここは、官事がしっかりしている」

そういった呉漢は、やすやすと田氏邸をみつけた。大邸宅である。が、新築の建物ではない。

「豪族が、田氏に売ったのでしょうか」

と、角斗がいったが、そうかもしれない。邸内には、さきに恢がはいった。ほどなく田汶が屋内から飛びだしてきた。

開口一番、

「官軍が大敗したとききました。早く居を移しておいてよかった。あなたは神知《しんち》をおもちだ」

と、田汶は呉漢に大いに感謝した。呉漢に付けた三人の家僕のうち、ふたりが欠けたことをとがめる目つきではなかった。

この日は、呉漢を歓迎する会が催された。終始、笑貌《しょうぼう》をみせていた田汶は、明日には呉漢が漁陽にむかって発つと知って、表情を曇らせた。

「幽州は異民族の寇掠《こうりゃく》をうけやすい地で、安全とはいえますまい。苦難に遭遇したら、どうぞわが家をお頼りください」

と、田汶は人のよさをみせた。

「かたじけない」

呉漢はねんごろにそうこたえたが、鄚県がいつまでも安寧《あんねい》というわけでもない、と意ったものの、田殷と田汶によけいなことをいって不安がらせるのはやめた。

翌朝、呉漢と角斗それに魏祥は馬車に乗って鄚県をでた。漁陽まではるかな道のりである。

「魏祥よ、この風は、吉か凶か」

「吉です」

あっさり魏祥はいった。むかい風でもか、と呉漢はいいかえそうとして、口をつぐんだ。初秋の風は爽《さわ》やかであった。

河北の人々

河北《かほく》はわれにとって新天地となるのだろうか。車中でそんなことを考えていた呉漢《ごかん》に、角斗《かくと》が声をかけた。

「狄師《てきし》先生は、田氏《でん》のもとにとどまってしまいましたね」

「はは、田殿《でんいん》どのがあの剣士を大いに気にいってしまい、はなさなかったのだ。狄師どのも、われらと幽州《ゆう》にはいってもあれほどの厚遇には遭《あ》わぬ、とわかっているのさ。人には相性《あいしょう》がある。あのふたりには相性の良さがあるのだろう」

気にいらぬ、といわんばかりに横をむいた角斗は、

「狄師先生は、志《こころざし》の大きくない人ですね」

と、いった。すこしおどろいた呉漢は、

「なんじが、志、というとは……」

と、あえて感心してみせた。おそらく角斗は祇登《きとう》に訓導《くんどう》されたのであろう。ふりかえってみれば、呉漢も祇登に心の目をひらいてもらった。それから他人と世の中がみえるようになったといってもよい。

――われは志を忘れているのかな。

そもそも自分に素志《そし》などというものがあったのか、と呉漢は反省しはじめた。角斗に嗤笑《ししょう》されるのは、狄師ではなく自分かもしれない。それにしても、人攫《ひとさら》いの集団に恫《おど》されてすこし悪に手を染《そ》めていた角斗のちかごろの成長ぶりはどうであろう。顔つきまで変わったようで、まなざしや口調にも澄高《ちょうこう》さがある。呉漢自身は、祇登にどれほど啓発《けいはつ》されたかわからぬ、とおもっているが、角斗にもおなじおもいがあるのかもしれない。

この三人が北上している冀《き》州は、東西より南北が長い。鄴《ぎょう》県の北には、大県というべき邯鄲《かんたん》がある。邯鄲はどちらかといえば工業都市であるが、宛《えん》にひけをとらない盛栄《せいえい》ぶりである。

「南の宛、北の邯鄲といわれるだけのことはあります」

県内にはいってすぐに角斗は人の多さに辟易《へきえき》したようである。呉漢はまっすぐに市場へ行ったが、馬商人はみあたらなかった。かれは驢馬《ろば》をあつかっている商人に近づ

いて、

「馬は、いつはいるのだろうか」

と、問うた。その商人は答えるまえに首を横にふった。

「わからない、ということか」

「あんた、馬の価《あたい》を知らないのかい。三軒の家を買うことができるほど高騰《こうとう》している
んだ。馬を買いたい者は、こんなところで待っておらず、幽州まで買いに行っている
のさ」

「あっ、なるほど」

いま、馬商人は引く手あまたで、冀州まで馬を売りにこなくても、大金を得ること
ができる。

――早く銭を儲ける道は、それだな。

そう感じた呉漢は、その商人の袖《そで》をひいて、

「副馬《そえうま》を一頭、売りたい。買わぬか」

と、声を低めていった。許可を得ていない者が、市場のなかで売買すれば罰せられ
る。

「まことに――」

すぐに胸算用をしたその商人は、すばやく呉漢とともに市場の外にでて、馬車をみた。二頭牽《び》きのその馬車には、副馬が併走するようになっている。角斗にいいつけてその副馬をはずさせた呉漢は、

「鄴県からきたばかりで、馬は疲れていない。しかも若い。高値で売れる。気にいらなければ、ほかの商人をあたる」

と、つきはなすようにいった。

「待て、待て、買わぬとはいっておらぬ」

舌なめずりをしたその商人は、馬の首と両脚をなでたあと、

「銭をもってくる。待っていてくれ」

と、趨《はし》ってもどった。やがてかれは大きな箱をかかえてきた。なかに銭が充満していた。それをうけとった呉漢は、

「これで一軒の家が買えるとすれば、二軒の家を買えるほどの銭は、なんじの懐にはいるわけか」

と、笑いながらいい、馬をひき渡した。

邯鄲の物価が異様に高騰していると察した呉漢は、

「ここに泊まるのは、やめよう」

と、いい、すぐに県外にでた。冀州は全体的に静かであった。この州が沸騰《ふっとう》するように騒がしくなるのは、数か月後であろう。泊まりをかさねて冀州から幽州にはいったとき、急に風がつめたくなった。

幽州の西南端にある郡は、涿《たく》郡と勃海《ぼっかい》郡であるが、呉漢らがはいったのは涿郡である。郡府があるのは涿県である。その県にはいるとまっすぐに市場へ行った呉漢は、商人とみじかくことばを交わして、

「寄り道をする」

と、ふたりに指示した。

馬車は涿県の郊外まで走り、小聚落《しゅうらく》に到った。頑丈な柵が繞《めぐ》らされた聚落で、門の脇に見張り小屋がある。

「おおい、たれかいないか」

この呉漢の呼び声に応《こた》えて、小屋から中年の男がでてきた。

「樊蔵《はんぞう》どの下で働いている佳久《すいきゅう》に会いにきた。われは南陽《なんよう》郡の宛県で亭長《ていちょう》をしていた呉子顔《ごしがん》という」

問われるまえに呉漢はそう告げた。

男は呉漢と従者をするどくみつめてから、おもむろに門をひらき、

「佳久どのの家は、樊蔵さまの邸《いえ》に近い」

と、意外な親切心をみせて、道をおしえた。五十家ほどがかたまっている聚落である。それらの家を車中からながめながら、呉漢は、

「すべて、樊蔵の配下の家だ」

と、いい、ふたりをおどろかせた。呉漢がいつ樊蔵と佳久の名を知ったのか。ふたりの疑問を、心の耳できいたように、呉漢は、

「すべては、馬商人の法栗《ほうりつ》と知りあったことから、はじまる」

と、説《と》いた。

法栗は冀州の馬商人で、ときどき洛陽《らくよう》まで馬を牽いてきた。それらの馬は、幽州産で、樊蔵配下の佳久から買ったものであると知った。あるとき、困惑顔の法栗が田氏邸に趨りこんできた。なんと佳久がみずから多くの馬を牽いて洛陽まできたという。が、それほど多くの馬を洛陽のなかにいれてはならぬ、と差し止めをくらってしまい、途方にくれているとのことであった。佳久自身も、市場での売買の許可をとっていない。

「そうか、われにまかせておけ」

心中で手を拍《う》った呉漢は、さっそく田殷と田汶《でんぶん》に事情を語《つ》げ、大量の銭をださせて、

城外へ趨った。すなわち、呉漢は佳久の困窮を救うかたちで、牽いてきたすべての馬を買いとった。むろんそのあとに、仲介者である法栗に、

「よく報《しら》せてくれた」

と、謝意をこめて銭を渡すことを忘れなかった。

「多くの馬を田氏が買って大儲けしたことは知っていますが、あの馬を洛陽城外まで牽いてきたのが佳久でしたか」

　ふたりは感嘆した。

　やがて馬車は大きな家の門前に停《と》まった。

「まるで豪族の家ですね。これで、樊蔵という人の配下なのですか」

魏祥《ぎしょう》の目と口が開いたままになった。

「おそらく佳久は樊蔵の右腕だ。王朝なら、宰相《さいしょう》といったところだ」

呉漢は門をたたいた。

白眉《はくび》の門番が顔をみせた。

「どなたかな」

「われは呉子顔といい、佳久どのには洛陽城外でお目にかかった。漁陽《ぎょよう》へゆく途中ですが、馬の売買で相談したいことがあるので、お会いしたい」

　すると門番は横をむき、

「主人は、不在じゃ」

　と、そっけなくいった。

「いつおもどりになりますか」

「さあ、三日後になるか、十日後になるか」

　家のなかには佳久の家族がいるはずであるが、この門番には、とりつぐ気はないらしい。

「わかりました。では、前払いの銭を置いてゆきます。佳久どのに、よろしく――」

　呉漢は銭の詰まった箱を馬車からおろさせ、門前に置かせた。

「あっ、これ、これ――」

　おどろいた門番を横目でみた呉漢は、さあ、漁陽へむかうぞ、と叫ぶようにいい、車中にもどったふたりの背を平手でたたいた。

　聚落をでたあと、

「あの銭を、あの門番にあずけて、よかったのですか。銭が死んでしまうかもしれません」

　と、角斗が眉《まゆ》をひそめた。

「いまの王朝の銭は、死にかけている。それでも冀州と幽州では、余命を保っている。佳久は恩義を忘れぬ男のようにみえたが、いまたれにも会わぬのは、樊蔵の命令があったからだ。馬の価がどれほど高騰するか、見守っているうちは、馬を売ってはならぬ、ということだろう。なじみの馬商人も、おそらく、すべて門前払いにされていよう」

「なるほど、そういうことですか」

うなずいた角斗は、手綱をゆるめ、馬の速度を上げた。この馬車は涼風にさからうように平原を走った。ふた月後には、すべてが枯れ色になる平原である。落日のまえには、草の葉の先がいっせいに白刃《はくじん》のようにきらめき、そのなかを影となった馬車がすすんだ。

涿郡から広陽《こうよう》国にはいった。

いや、この王国はすでに消滅している。かつて広陽王は劉嘉《りゅうか》であったが、劉氏を嫌う王莽《おうもう》によって廃された。それでも旧広陽国の首都であった薊《けい》県のにぎわいは衰えていない。呉漢は市場へ行って馬の価をたしかめた。かたわらに立って耳を澄ましていた角斗は、馬車にもどる呉漢に、

「このあたりの馬は、ずいぶん安いのですね。邯鄲へもってゆけば、五倍、十倍の高

値で売れます」

と、いった。

「そうだな。しかし、馬商人の話では、多数の馬を冀州の南部まで運ぶと、かならず群盗に襲われるらしい。人が殺され、馬を奪われるとあっては、危険を冒す馬商人はいないとのことだ」

「馬を南へ運べないとなると、大儲けはできませんね。南から買いにくる者を待っていては、宝の持《も》ち腐《ぐさ》れになってしまいます」

「ほほう、そなたが商賈《しょうこ》に関心を示すとはなあ」

角斗の好奇心の旺盛《おうせい》さは、心の成長のあかしであろう。

――たのもしくなった。

呉漢は心のなかで目を細めて角斗をみた。

旧広陽国の北隣には二郡がある。西側が上谷郡《じょうこくぐん》、東側が漁陽郡である。それら二郡の北部は、いわば僻境《へききょう》で、まったく邑《まち》がないといってよく、烏桓《うがん》や匈奴《きょうど》などの北方異民族の侵寇《しんこう》をふせぐための長城があるだけである。それゆえ多くの人が住む県と郷は、中部以南にあると想《おも》ってよい。ということは、漁陽郡の府がある漁陽県も、薊県から遠くなかった。

漁陽県の南に位置する狐奴《こど》県にはいったとき、

「彭伯通《ほうはくつう》さまは、どこに落ち着かれたのでしょうか」

と、魏祥は不安をかくさなかった。これから彭寵《ほうちょう》を捜す難儀を想ったのであろう。彭寵らがさきに薊県を発《た》ったのであるから、さきに漁陽県に到着しているはずであるが、そうでない場合も考えられる。

「伯通さまに祇登先生が従っている。あの先生がなんらかの手を打ってくれるだろう」

狐奴県をでた三人は北から吹く烈風にさらされて、ふるえあがった。南陽の温暖さをなつかしく感じたのは、三人ともおなじであろう。

暗い天空の下に、漁陽の城が黒々とみえた。

「陰気ですね」

と、手綱を執《と》っている角斗が、その城に明るい未来を感じなかったようにいった。

――たしかに。

第一印象とは直観にかかわるのか。人や物の本質と将来を瞬時に洞察した結果であるといえる。呉漢もその城を遠望して、心が晴れるということはなかった。むしろ不吉さをおぼえた。

——ここには住みたくない。

そう感じたかぎり、彭寵に頼るのはやめた、と決断すべきであった。

門前に一乗の馬車が駐《と》まっていた。車中の顔は、郵解《ゆうかい》と左頭《さとう》のそれである。

「やあ、出迎えてくれたのか」

呉漢はあえて明るい声で呼びかけた。するとすぐに馬車を動かして近づいてきた郵解は、

「伯通さまは、ここにはおられません。要陽《ようよう》県へむかわれました」

と、告げた。

「要陽……」

そんな県がどこにあるのか。

郵解からその県の位置を教えられた角斗は、

「ひゃっ、遠い」

と、首をふった。それは郡の中部に位置していた。しかしながら、まえに述べたように、この郡の北部は人が住めない荒涼とした山野で、邑があるのは中部からである。そのなかでも要陽は最北端に位置する県である。

途中、

「なにゆえ伯通さまは、そんな辺邑《へんゆう》へゆかれたのか」

と、角斗は郵解に問うた。

「伯通さまの父上の故吏《こり》に、蓋延《こうえん》と王梁《おうりょう》という者がいたが、ふたりとも要陽県の出身で、いま吏職《りしょく》を解《と》かれて、故郷ですごしている。伯通さまはこのふたりを頼られる」

郵解は呉漢の耳にもとどくように語った。蓋延は郡内では名の知られた豪吏《ごうり》であったが、天下では無名同然であり、それは王梁もおなじであるにもかかわらず、つぎの時代にはふたりとも将軍職に就《つ》く。そういう運命の変転のきっかけをもたらしたのは、彭寵であり、かれが弟の件で誅殺《ちゅうさつ》されることを恐れて官軍から離脱し、幽州まで趨ることをしなかったら、呉漢にも新しい道はひらかれなかったであろう。

要陽は小さな県である。

それでもその城を遠くからみた呉漢は、陰気さを感じなかった。烈風にさらされても堅固に立っている城という印象である。

「ようやく着きましたね」

小さく嘆息した角斗がまなざしを落としたのは、よく走ってくれた、と馬をねぎらったからであろう。

「門下に立っているのは、祇登先生ですよ」

郵解のとびきり明るい声に、寥々《りょうりょう》たる風景にうんざりしていたみなは救われたように目を凝《こ》らして門のほとりを看《み》た。

門のほとりに二乗の馬車が駐まっていて、その近くに三、四人が屯《たむろ》している。そのなかのひとりが祇登であった。祇登が手を挙《あ》げた。

「やあ、先生――」

おもわず呉漢ははしゃいだ。ずいぶん祇登の顔をみていない気がした。

「おう、亭長、待ちかねたぞ」

この祇登の声にやつれがなかった。ということは、彭寵の旅は順調であったのだろう。呉漢が馬車をおりて祇登に近づくと、

「こちらは巨卿《きょけい》どのの家人だ」

と、ほかの三人を紹介された。巨卿とは、蓋延のあざならしい。話はあとだ、といわんばかりに呉漢の馬車に同乗した祇登は、

「蓋延は傑人《けつじん》だぞ。めずらしく気分のよい男だ」

と、ささやいた。祇登は蓋延に好印象をもったということであろう。

ほどなく蓋延邸に着いた呉漢も、

——なるほど快男児だ。

と、この家の主に好感をもった。いきなり蓋延は、

「義俠《ぎきょう》の人の到着だ」

と、多くの家人にきこえるほどの声でいい、彭寵とともに笑貌《しょうぼう》をもって呉漢を迎えた。

——われが義俠の人か。

さきに到着した彭寵が避難の経緯《けいい》を語るなかで、呉漢が義俠の人となったにちがいない。その大仰なほめことばを否認せずにうけいれるほど、呉漢は自信家ではない。すぐに照《て》れ臭《くさ》さをみせた。それを謙遜《けんそん》とみた蓋延は、

「多くの人のために働きながら、あなたにはうぬぼれがない。うぬぼれは、身を滅ぼす」

と、好意をあらわにした。

ここでの居ごこちのよさを感じている彭寵が、これ以上、動かないとみきわめた呉漢は、

「じつは涿県の郊外に住む佳久という者から、馬を買うことにしてあります」

と、うちあけた。馬の売り買いをしながら冀州より南の動静をさぐる、といったの

である。わきでこの対話をきいていた蓋延が、

「物と銭だけでなく、すべての流言蜚語《りゅうげんひご》までも、涿県と薊県に集まります。あなたが涿県に往くのであれば、薊県の豪族をひとり紹介しよう」

と、話に割り込んできた。この親切心に甘えるかたちで、呉漢は二乗の馬車に従者を同乗させて、要陽を発った。要陽にゆったりかまえていると、氷雪《ひょうせつ》によって道が閉ざされてしまう。

かれらが薊県に着くころに、凍雨《とうう》に遭《あ》った。

「骨が鳴るほどの冷たさです」

そういって肩をすくめた角斗だが、手綱をはなさなかった。薊県では宿舎をさがさずにすんだ。蓋延の書翰《しょかん》をもって豪族の邸の門をたたいたところ、予想以上に歓待された。その豪族は、呉漢が宛県の亭長であったことを知ると、

「南陽で劉氏が皇帝として立ったことをご存じですか」

と、いった。すかさず呉漢は、

「劉氏兄弟の兄のほうの劉伯升《りゅうはくしょう》が皇帝になったのでしょう」

と、答えた。伯升は劉縯《りゅうえん》のあざなである。

「おや、ご存じない」

と、嗤《わら》った豪族は、

「劉伯升は更始帝《こうしてい》に誅殺されましたよ。立ったのは、その更始帝です」

と、教えた。春陵《しょうりょう》の劉氏の一族のなかに、

「劉玄《りゅうげん》」

という者がいて、かれが叛乱軍に奉戴《ほうたい》されて皇帝の席に即《つ》いた。同時に王莽の王朝の元号である地皇《ちこう》四年を改めて更始元年とした。

「ほう……」

呉漢の胸裡《きょうり》に複雑な感情が生じた。更始帝は春陵の劉氏の本家すじにいた人物ではない。またその叛乱を主導したのは、劉伯升と劉文叔《りゅうぶんしゅく》（劉秀《りゅうしゅう》）という兄弟であったはずであり、現《げん》に、昆陽《こんよう》において百万の官軍を破ったのは、劉文叔であった。更始帝が本家と最大の功労者をないがしろにしたのであれば、

――信憑《しんぴょう》できない天子だ。

と、呉漢はひそかに断定した。

「もっとおどろくべきことがありますよ」

豪族はいちど口をつぐみ、目を細めた。呉漢は固唾《かたず》をのんだ。

「常安《じょうあん》の皇帝であった王莽が死にました。自殺ではなく、戦って、斬殺されたよう

ですが、くわしいことはわかりません。ただし、死んだことは、まちがいない」

王莽の死は九月であったが、ひと月おくれて薊県の豪族の耳にとどいたということである。

「そうですか……」

呉漢は王莽を憎悪したことはいちどもない。儒教の理念を具現化しようとした皇帝だ、と祇登に教えられたこともあり、その改革がうまくゆけばよい、とおもったことさえある。が、王莽は改革に失敗し、その失敗を繕《つくろ》うために法を苛酷にしたがゆえに、天下の人々に怨嗟《えんさ》のまとにされ、ついに滅んだ。

——ということは、更始帝の漢《かん》軍が、長安を制圧したことになるのか。

常安という呼称も王莽の死とともに滅んだであろう。天下の首都を長安と呼ぶほうが、たれにとっても違和感がない。

「いろいろおしえてくださって、かたじけない。これから涿県郊外の樊蔵の牧場へゆきます」

「樊蔵……、かれは門を閉ざし、馬をたれにも売らぬ、ときいた」

「樊蔵の下の佳久に、すでに銭は渡してあるので、数頭の馬を買えるはずですが」

急に膝《ひざ》をすすめた豪族は、

「それがまことであれば、あなたが得た馬を、わたしが買おう。わが家まで運んできてもらいたい」

と、熱っぽくいった。馬が不足しているのは、この豪族だけではない。そう感じた呉漢は、なんとか樊蔵を説いて馬を放出させたいとおもいつつ、薊県から涿県へいそいだ。

ふたたび小聚落をみた。

おどろいたことに、中年の門番が呉漢の顔をみるや、

「樊蔵さまがあなたと会談したいとのことです。まっすぐ樊蔵さまの邸へ行ってください」

と、鄭重《ていちょう》にいった。

「風向きが変わりましたね」

魏祥がうれしそうに微笑した。二乗の馬車は樊蔵邸へ直行した。

――これが樊蔵の邸か。

呉漢はあきれぎみに看た。眼前にあるのは、まるで要塞である。おそらくなかには、使用人をふくめて、千人比《ちか》くいるのではないか。

安楽県令

なんと樊蔵《はんぞう》邸の門をひらいて、呉漢《ごかん》らを迎えてくれたのは隹久《すいきゅう》であった。

樊蔵の右腕というべき隹久がまっさきに顔をみせたということは、主人である樊蔵に呉漢らを歓迎する意思が大いにあることをあらわしていた。

呉漢に軽く頭をさげた隹久は、

「先日は、せっかくお訪ねくださったのに、外出していたため、なんのおもてなしもできず、失礼した。そのことを主《しゅ》におつたえしたところ、叱《しか》られましてな。つぎのご来訪の際には、主がじきじきにおもてなしをするということになりました」

と、手短《てみじか》に説《と》いた。はにかむように微笑した呉漢は、

「わたしは、あなたがたにもてなされるようなことをしただろうか」

と、大きく首をかしげた。

づいた。

「洛陽《らくよう》では、大いに助けてもらいました」
そういいつつ、佳久は早足で歩いた。建物のなかにはいってからも佳久の早足はつ

――ちょっとした宮殿だな。
内装は華美ではないが、とにかく広大である。回廊が多いので、別の客室に移った
あと、方角がわからなくなった。
「どうぞ。こちらでお待ちください」
呉漢と従者を一室に導きいれた佳久は、室外に立っている者に、賓客《ひんかく》のご到着だ、
と小声でいった。それからほどなく、四人の従者とともに樊蔵があらわれた。
――ずんがい小柄で、しかも痩身《そうしん》だ。
威風堂堂《いふうどうどう》という体貌《たいぼう》を予想していた呉漢は、はじめてみた樊蔵に威圧《いあつ》されないです
んだ。あえて樊蔵が高圧的な態度を避けたともいえる。そうであれば、すでに呉漢は
樊蔵の心づかいにふれたことになる。
よくみると、樊蔵の髪に白髪がまじっている。
――初老といったところか。
この呉漢の観察眼の真向《まむ》かいに坐った樊蔵は、

「よくきてくださった。洛陽では、馬の売買もさることながら、宿泊のめんどうまでみてくださったのに、あなたにはなんの謝礼も示さずに引き揚げてきたときいて、佳久を叱ったのですよ」

と、おだやかな口調でいった。

「これは、過分なご恵顧《けいこ》です。洛陽にいたそれがしは素封《そほう》家の田《でん》氏の客にすぎず、あなたと田氏の双方が利を得ればよいとおもって動いただけです」

「ほう、あれほどのことをおこなって、あなたの懐には、一銭もはいっていない」

樊蔵は首をふった。

「客は、養ってくれている主人をしのいで、利益をむさぼるものではありません」

呉漢がそういうと、すかさず膝《ひざ》を打ってうなずいた樊蔵は、

「その心《こころ》掛《が》けは、見上げたものです。仄聞《そくぶん》したところ、あなたは宛《えん》県の亭長《ていちょう》であった。それにもかかわらず、洛陽の富人の客となり、いまや馬を求めてここにいる。これは、どういうことなのでしょうかな」

と、眼光を強めていった。

「はは、悪事をはたらいて、逃げているわけではありません。亭長であったそれがしには、客がいた。その客がたまたま仇《あだ》を討《う》ったので、連座を避けて、洛陽へ奔《はし》った。

洛陽の田氏の客であったとき、敗走してきた官軍のなかに旧主をみつけたのです。旧主の弟が叛乱軍にくわわったため、旧主は誅殺《ちゅうさつ》を恐れ、亡父が治めていた漁陽《ぎょよう》郡にいる故吏《こり》を頼るということなので、それがしも旧主に従って要陽《ようよう》まで往き、そこから引き返してここに到ったわけです」

　樊蔵の目容《もくよう》がすこし揺れた。

「もしや、昔、漁陽郡を治めていたかたとは、彭《ほう》氏ではありませんか」

「そうです。それがしの旧主は、彭伯通《ほうはくつう》と申され、かつての漁陽太守の長男です」

「ああ、なつかしい。漁陽の彭氏にはかわいがってもらった。あのかたはまれにみる英傑であった。これで、あなたのことも、よくわかった。彭伯通どのが馬をご入用とあらば、何頭でもお送りしますぞ」

　樊蔵は口調だけではなく容態も大いにやわらげ、膳と酒をもってこさせた。

　この燕飲《えんいん》の席で、呉漢はこまかなことも語った。皇帝の王莽《おうもう》が死んだため、新王朝が造った貨幣の価値が下落し、いまや庶民は、まえの王朝の漢《かん》が造った五銖銭《ごしゅせん》にしがみついているが、その状態もいつまでつづくかわからない。そういう不安定さをみて、樊蔵が馬を売らないのはわかるが、洛陽で政権を樹《た》てた漢の君臣の質《たち》が悪いようなので、いつ命令がくだされて樊蔵が馬を供出させられるかわからない。

「ただで馬を政府に取られるというわけですか」

樊蔵は口端をゆがめた。

「あなたの馬を無償で奪うのは、政府ばかりではありません。冀《き》州の山岳に強大な賊がいくつかできたとききます。かれらが狙うのは、ここでしょう。きたるべき災害を回避するためには、もうここには馬がほとんどいないと冀州と幽《ゆう》州に知らしめることです」

「ほう、どのように――」

「馬を分散することです。あちこちの小さな牧場にかくしてしまうことはできませんか。それができないのなら、いまのうちに、金帛《きんぱく》や穀物と交換してしまうことです」

「ふむ……」

小さく嘆息してしばらく黙考した樊蔵は、ふたたび呉漢を正視した。

「決めた。冀州と幽州の馬商人を多数呼び、近隣の豪族をも招いて、馬を売ることにします。あなたはすでに銭を佳久にあずけたときいたが、その銭の価値の有無《うむ》はさておき、あなたに十頭の馬をさしあげよう」

「気前《きまえ》のよろしいことです」

呉漢は一笑した。うけとるのは、数千頭のなかの十頭であろう。

「いや、あなたのおかげで、決断がついた。あなたはおそらく縁もゆかりもない人に智慧《ちえ》をさずけて、儲けさせてゆく。そういうことが積もり積もってゆくと、大きな福となってあなたに返ってくる」

「見返りを望んだことは、いちどもありません。土ばかりをみて育ったせいか、いまだに人のことがわかりません」

「やあ、その言は、気にいりました。わたしも馬ばかりをみて育った。ゆえに、人がわからない」

樊蔵は哄笑《こうしょう》してみせたが、人がわからないというのは、なかば戯言《ぎげん》であろう。人がわかるがゆえに、千人をこえる配下をもち、かれらに敬慕《けいぼ》されている。

酒食が終わっても、樊蔵は語ることをやめなかった。相手になった呉漢は、ついに祇登《きとう》の仇討ちのすべてまで語ることになった。ちなみにこの席に祇登はいない。かれは要陽の蓋延《こうえん》邸に残っている。

夜が更《ふ》けて、ようやく解放された呉漢と従者を客室にみちびいた佳久は、

「主があれほど長く話したことはありません。あなたと話すことが、楽しくてしかたがないという表情でした。苦労の質があなたと似ていたからでしょう。あなたが彭伯通どのの下にいなければ、主はすぐにでもあなたを招いて、賓客としてもてなし、こ

この運営の舵《かじ》をとらせようとするでしょう」

と、呉漢の耳もとでいった。

——蓋《がい》を傾《かたむ》ける、故《こ》の如《ごと》し、ということは、まれにある。憶《おぼ》えておけ。

昔、祇登からそう誨《おし》えられた。いつもながら、祇登はくわしく説かず、相手の理解力が成熟するのを待つ。おそらくその場ですぐに説明すると、ことばが内含《ないがん》している力をこわしてしまう、とわかっているからであろう。蓋を傾ける、とはどういうことか。故の如し、とは、なにをいっているのか。それを脳裡《のうり》でくりかえすことが、ことばの力をそこなわず、得ることになる。呉漢は亭長になったあとに、路上で二乗の馬車が接近し、車中の人物が蓋《かさ》を傾けて話しあっている光景を目撃し、

——ああ、これが、それか。

と、悟得《ごとく》した。車中のふたりが旧知のあいだがらであれば、おどろくほどのことではないが、そのふたりが路上ではじめて会ったとしたらどうであろう。また、この路が、人生の途上であったら、どうか。

樊蔵とはじめて会って語りあったことは、蓋を傾ける、故の如し、といえるのではないか。

樊蔵を知っただけで、自分は河北《かほく》で涸渇《こかつ》せずに生きてゆけそうだ、と呉漢は自信を

得た。現に、与えられた十頭の馬を売るだけで、家を建てて、当分のあいだ従者を養ってゆける。

客室で独《ひと》りになった呉漢は、急に酔《よ》いがまわってきて、熟睡に落ちた。

翌朝、食事を終えたところに、樊蔵がみずからやってきて、

「昨夜のあなたの話のなかにあった、人の念力が小石を黄金に変えるというのは、おもしろかった。いままだあなたは、天下にあっては、小石かもしれないが、時代の念力によって、黄金に変えられるかもしれない。その瞬間をみとどけたいが、われにはかなわぬことなので、われの代人を従者に加えてくださらぬか」

と、やわらかくいい、ひとりの若者を呉漢に近づけた。

「末子の回《かい》です。この者は、生涯、兄たちにこき使われるのはいやだ、とわがままなことを申し、二、三度、家を飛びだしたことがあります。しかしほんとうに世の辛《から》さを知ってはおらず、このままでは、生きてゆく意義のかけらさえつかめそうにない。しかるべき人に回をあずけて、教育してもらうつもりでしたが、あなたに託すのが一番だ、と昨夜おもいました。この願いを、容《い》れていただけようか」

「ははあ、苦労にもへこたれぬ者に育てよ、といわれるか。いいでしょう。ひきうけました」

呉漢がそういったとき、樊蔵だけではなく、樊回にも安堵《あんど》の表情が生じたことを、みのがさなかった。

――この家には、隠微《いんび》な事情があるのだ。

そう察した呉漢は、あっさり樊回を従者に加えた。それを喜んだ樊蔵は、さらに一乗の馬車と五頭の馬を呉漢に贈り、なごり惜《お》しげに柵の外まで見送りにでた。

寡黙のままの樊回を同乗させた呉漢は、小聚落《しゅうらく》が遠くなったとき、

「昨日の酒席を、なんじだけがのぞいて、われの話をきいていた。樊蔵どのに、そうせよ、といわれたのであろうが、なんじの兄はひとりも顔をみせなかった」

と、この若者の胸をたたくようないいかたをした。はっと顔をあげた樊回は、

「お気づきでしたか。率直に申しますと、父がわたしに家督をゆずりたいとほのめかしたことがあり、それ以後、わたしは二、三度殺されかけたため、家をでたことがあります。このままあの家にいれば、早晩、わたしは殺害されるでしょう。父は内訌《ないこう》をいやがって、わたしに家財の一部を分け与えて、別の地に、一家を建てようとしましたが、佳久がそれを諫止《かんし》しました。たとえそうしても、ある日、その家は急襲されて、わたしと家人は殺されることになる。そういう毒牙を避けるには、信頼できる人物に保庇《ほひ》してもらうにしかず、というのが佳久の考えかたであったようです」

と、いいよどむことなく述べた。

「はは、冀州と幽州には、樊蔵どのの信頼に足る豪族が多くいるであろうに、よりによって、われのような流浪人《るろう》に最愛の子を託すとは、どうしたことか」

呉漢は大きく首をひねってみせた。

「それは……、わたしがあなたに従いたい、と父にせがんだからです」

邪気や打算のない呉漢の志性《しせい》に打たれた、と樊回はいうべきであったかもしれないが、かれのはにかみが追従《ついじゅう》をさまたげた。

「ほう、われのどこがよかったのか」

呉漢は天を仰いで笑った。

三乗の馬車と十五頭の馬は涿《たく》県に到った。

「やあ、馬だ」

めざとい者がすぐに近づいてきた。ほどなく人だかりができた。ひとりの男が、

「十五頭もいるのだから、一、二頭を売ってくれないか」

と、かけあいにきた。馬車からおりた呉漢は、

「五頭は、売ろう。ただし、これから薊《けい》県へゆくので、ここには二時《ふたとき》しかいない。それまで、黄金か帛《きぬ》をもってきた者に馬を渡そう。銭は、だめだ」

と、集まった者たちにきこえるようにいった。直後に、ざわめきが生じた。二、三人が趨《はし》り去った。

一時後、馬車が城門からでてきて、人だかりに近づいた。馬車からおりたふたりが、人だかりを割って呉漢のまえに立った。

「金帛をもってきた。これで五頭を渡してもらえようか」

うなずいた呉漢は、角斗《かくと》とともに相手の馬車にのぼった。箱のなかに黄金があり、箱の外に帛が積み重ねられていた。

「いいでしょう」

即諾《そくだく》した呉漢は、五頭の馬と金帛を交換した。

「ゆくぞ」

呉漢はふりかえりもせず、涿県をあとにした。城外で馬の売買をしてよいはずはなく、それを吏人《りじん》にみとがめられると、あとがやっかいである。車中の金帛をゆびさした呉漢は、

「この金帛は、なんじのものだ」

と、樊回にいった。

——できることなら、薊県に居《きょ》をすえたい。

樊蔵邸をでるころにそう意《おも》いはじめた呉漢は、自分の意いを実現するために、さきに宿泊した薊県の豪族の力を借りることにした。そのためには、その豪族に五頭の馬をくれてやってもかまわない。

「やあ、寒くなったな」

もう十月の末である。さいわいなことに、雨にも雪にも遭《あ》わずに薊県に到着したが、冷《ひ》えはきつかった。呉漢はまっすぐに豪族の家へゆき、馬をみせた。

「五頭も、売ってくれるのか」

馬の不足を嘆いていた豪族は手を拍《う》って喜んだ。うなずいた呉漢は、

「売る、というより、お譲《ゆず》りします。そのかわり、家を一軒、くれませんか」

と、いった。

「おう、県内に住みたいのか」

胸算用《むなざんよう》をするまでもない。いまや河北でも一軒の家と一頭の馬は等価である。豪族の儲けは大きい。

「よし、わかった。ふさわしい家をみつけるまで、別宅に住んでくれ」

そういわれた呉漢は、配下とともに、その別宅にはいった。瀟洒《しょうしゃ》な造りの家であったので、すぐに角斗が、

「外妾《がいしょう》のために建てた家ではありますまいか」

と、いった。たぶん、そうであろう、と呉漢は胸裡《きょうり》で苦笑した。

が、二日後に、事態は急変した。家捜しどころではなくなった。

あわただしくやってきた豪族の使いに、

「早く、早く――」

と、せかされて、呉漢は、別宅をでた。その使いは、なぜかわけをいわず、豪族の邸に近づくと、

「ほら」

と、門外をゆびさした。

「おう――」

呉漢はおもわずおどろきの声を発した。赤い旗を樹《た》てた馬車が五乗あって、それを護衛するらしい兵が百人ほど路上に坐っている。遠くに馬の影がある。おそらく五、六の騎兵が馬車に従属しているのであろう。

目くばせをした豪族の使者は、

「ここは、通れないので、馬車を裏門へまわします」

と、いい、呉漢とただひとりの従者である角斗を、裏門から邸内にいれた。表座敷

というべき堂から、歓笑《かんしょう》の声がながれてきた。使者にみちびかれ、いぶかしげに堂上にのぼった呉漢は、客席に坐って豪族と歓談している貴賓をみて、わが目を疑った。

「韓鴻《かんこう》──」

このおどろきの声に応《こた》えるように、やわらいだまなざしをむけたのは、宛の旧友である。

「呉子顔《ごしがん》、ここにいたか」

この声に、かつてない威《い》を感じた呉漢は、あたりをさぐるようにながめつつ、末席に坐った。どうやらこの旧友は、朝廷の官位を得ているらしく、なれなれしく近づけない。この謙譲の態度が気にいったのか、韓鴻は満足げにうなずき、

「この家の主人には、勤皇《きんのう》の意志があるときき、立ち寄った。われは、河北を徇《とな》えよ、という天子のご命令を奉じて、幽州まで巡るつもりであるが、二千石《せき》（郡の太守）以下の官を任命できる権能をさずけられている。この権能をないがしろにする者は、北上しつつある大司馬《だいしば》の劉《りゅう》将軍がことごとく誅罰《ちゅうばつ》をくだすであろう」

と、おのれの威を誇示するように、声を張っていった。

──そんなに韓鴻は偉くなったのか。

また、呉漢はおどろいた。韓鴻は更始《こうし》帝の王朝では、渉外《しょうがい》担当の謁者《えっしゃ》となり、冀

州と幽州の平定のために、軍を率いている劉秀《りゅうしゅう》に先行するかたちで薊県に到着したとのことである。

「ところで――」

急に相好《そうごう》をくずした韓鴻は、昔なじみの貌《かお》にもどり、手招きをして呉漢を近づけた。

「なんじがいま彭伯通どのの下にいることは、ここできいた。彭伯通どのは、要陽におられるのか」

往時《おうじ》、豊かであったとはいえない韓鴻も彭氏の農場で働いたことがあり、しかも先代の彭氏は王莽に誅殺されたため、彭氏への敬意と同情を失っていない。

「蓋延という故吏にかくまわれています」

「ふむ、なんといっても、漁陽は彭氏の郡だ。すぐに漁陽にゆけるわけではないが、郡守の交替をおこなわせよう」

「えっ――」

おもわず呉漢は韓鴻を正視した。

「彭伯通どのに、漁陽太守を代行させる。この処断は、劉将軍にもお伝えし、了解してもらう」

「それは、かたじけない」

呉漢は胸のふるえをおぼえつつ頭をさげた。これで肩の荷がおりた。昔、目をかけてくれた彭寵《ほうちょう》に、どれほどの恩返しができたのかわからないが、とにかく胸がやすらいだ。彭寵が漁陽太守になれば、呉漢は心情的な羈絆《きはん》をのがれて、自分と配下の生活の構築に専念できる。

「ところで、なんじのことだが……」

韓鴻はあごひげを指でさわった。

「われは薊県に住み、生活が安定したら、妻子と母それに弟も呼び寄せるつもりです」

南陽《なんよう》郡の擾乱《じょうらん》が熄《や》んだのであれば、宛に帰ってもかまわないが、なぜか、帰りたいとはおもわない。ひとつに、肝胆相照《かんたんあいて》らした樊蔵の子をあずかったということがある。いつかその子を樊蔵に返さなければならないときがくるかもしれない。また、角斗の兄の角南《かくなん》の件がある。角南は売られ売られて幽州までながれていったと角斗は信じているようなので、むしろ角斗は幽州にきたことを喜び、望郷の念《おも》いは薄《うす》い。それがわかる呉漢は、北の幽州とその南の冀州の両州について知りやすい薊県に居をすえることに決めた。

「ふむ。ここに住みたい気持ちがわからぬでもないが……、亭長であったなんじを、一足《いっそく》飛びに、薊県の令にするわけにはいかぬ」

「はあ……」

一瞬、韓鴻がなにをいいはじめたのか、呉漢にはわからなかった。

「なんじがここに到着するまえに、なんじに一県をさずけようと考えていた。薊県は河北の最大の要衝《ようしょう》なので、その治安に関する人事は劉将軍にまかせるしかない。そこで——」

と、いいながら、韓鴻は地図を引き寄せた。

「漁陽に彭伯通どのがはいるのであるから、郡府から遠くない安楽《あんらく》県に、なんじがはいれ。安楽は薊県からも遠くない。どうだ」

「それは、どういうことですか」

「どういうこと、と問うまでもなかろう。その県の令に任命するといっているのだ」

「はあ……」

呉漢のかつての感覚では、逆立《さかだ》ちをしても、県令にはなれない。それなのに、こんなにかんたんに県令になってよいのだろうか。その心情を察した韓鴻は、声を低くして、

「昔、緑林《りょくりん》の賊であった王匡《おうきょう》や王鳳《おうほう》は、みな国をさずけられて王になるはずだ。そ

ういう時代なのだ。なんじの亭長のころの仕事ぶりは、よく知っている。枉《ま》がったこ
とをせず、人民のために働いてくれれば、いまの王朝のためになる」

と、いった。昔なじみであるという理由だけでなんじを県令にするわけではない、
と韓鴻は、言外に語《つ》げているようである。

「そうですか……」

呉漢は韓鴻にむかって拝礼をおこなった。授与された県令の官を拝受したのである。

このあと、安楽県に乗り込んだ呉漢は、晴れて県令の席に就《つ》いた。要陽県から駆けつけた祇登は、

「ひとつの扉をあけたな」

と、祝辞を献じた。

河北の春

ききしにまさる寒さとは、幽《ゆう》州の冬をいう。

十二月になれば、すべての道は氷雪で閉ざされる。

それでもうわさは飛び交うのであるから、ふしぎというしかない。

呉漢《ごかん》の従者は、祇登《きとう》をのぞいて、すべて県の吏人《りじん》となった。祇登だけは、

「この歳になって、県庁づとめはごめんだ」

というので、呉漢の客のままである。なるほど祇登はまもなく六十歳である。たとえ県の上級吏人になっても、規則にしばられるきゅうくつさはいやなのであろう。

「客の気ままさがよい」

と、いって、祇登は笑ったが、県の吏人程度で喜べるか、というのが本音《ほんね》であろう。

だが、

——この人には、なにか巨《おお》きな力がある。

と、呉漢の魅力に惹《ひ》かれてきた五人、すなわち郵解《ゆうかい》、角斗《かくと》、魏祥《ぎしょう》、左頭《さとう》、樊回《はんかい》は、にわかに吏人になったことを手放《てばな》しで喜んだ。かれらの歓喜を、目を細めてみた呉漢は、角斗と魏祥を呼び、

「このことを家族に告げにゆくがよい。われが家族を安楽《あんらく》県に招きたい意《おも》いがあることを、兄につたえよ。それで兄から母や弟、それに妻子にもつたわるであろう」

と、いい、ふたりを発《た》たせた。

そのあと、樊蔵《はんぞう》が隹久《すいきゅう》などを従え、牛肉と酒をたずさえて、祝いにきた。子の樊回の吏人すがたをみたい、という意いもあったのであろう。かれらが到着すると、ほどなく祝宴が催された。樊回にもてなされた樊蔵は目頭《めがしら》をおさえて、

「夢のようだ」

と、うなるようにいった。それはそうであろう。はじめて会った呉漢という庶人《しょじん》が、ひと月も経《た》たないうちに県令となり、むずかしい処世を覚悟していた樊回は、呉漢に従っただけですっきりと官途上にいる。

「あなたさまは、つぎつぎに人助けをなさっている。陰徳《いんとく》がある者にはかならず陽報《ようほう》があるというのが、天則《てんそく》です。どうか、愚息《ぐそく》を善導《ぜんどう》してくだされ」

樊蔵は親心をかくさず呉漢に懇願《こんがん》した。

翌朝、かれらが帰ったあと、十頭の馬が残っていた。それをみた樊回は、すぐさま、

「主《しゅ》の県令就任を祝う父の贈り物です」

と、いった。

「そうか、ありがたくもらっておく」

呉漢は馬車の数をふやした。

この県でも郵解が呉漢の耳目《じもく》となって流言蜚語《りゅうげんひご》をすくいあげてくる。

「劉《りゅう》将軍が薊《けい》県にはいられたようです」

「そうか」

呉漢は小さくうなずいた。郵解がいった劉将軍とは、むろん劉秀《りゅうしゅう》のことである。

更始《こうし》帝の王朝の大司馬《だいしば》となった劉秀は、河北《かほく》の鎮撫《ちんぶ》を命じられたため、まず冀《き》州にはいって、諸県をめぐった。太守、県令、三老《さんろう》など政治にかかわっている者たちを接見しては、かれらの勤務ぶりを精査し、非違《ひい》があればそれを匡《ただ》した。このありようは正しい裁判官のようであり、このすぐれた監察によってつぎつぎに苛政《かせい》がのぞかれたため、喜んだ民衆は牛酒をもって劉秀のもとにおしかけた。

劉秀は邯鄲《かんたん》から真定《しんてい》を経て、冀州の巡察《じゅんさつ》を終え、幽州にはいると范陽《はんよう》、涿《たく》県を経て、

十二月に旧広陽国《こうよう》の薊県に到着した。

「漁陽《ぎょよう》太守の彭伯通《ほうはくつう》さまは、謁見《えっけん》にゆかれなくてよろしいのですか」

と、郵解はわずかな不安をみせた。彭伯通すなわち彭寵《ほうちょう》は、韓鴻《かんこう》のはからいでいまの官に就《つ》いたとはいえ、河北全体の監督官である劉秀の認定のもとにその地位はある。そのことを重くうけとめていれば、彭寵は薊県にはいろうとする劉秀を趨迎《すうげい》すべきではないか。そういうけなげさをみせて、謝意《しゃい》を献ずるのが、新太守のありようではないのか。

「たしかに……」

道が氷雪で閉ざされていようとも、礼の道は踏むべきである。が、県令にすぎない自分が、太守をさしおいて、劉秀に謁見するために薊県へゆくわけにはいかない。

「すこし待ってみる」

と、呉漢はいった。郡府から使いがくるような気がした。これから薊県へゆくので、なんじも従《とも》をせよ、と彭寵にいわれるにちがいない。

案の定、それからほどなく、彭寵の使者がきた。彭寵は劉秀の書翰《しょかん》をうけとったので、みずから牛酒をたずさえて、謁見にゆくという。その従者にくわわるべし、ということであった。

呉漢はわずかに眉《まゆ》をひそめた。

——彭伯通どのは、劉将軍に招かれなければ、往かないつもりであったのか。

彭寵の傲慢《ごうまん》さをかいまみたおもいの呉漢は、いやな気分になった。南陽《なんよう》郡にあっては、彭寵の家は、名家というより権家《けんか》であり、その高みから劉秀の家を瞰《み》れば、もののかずではなかったであろう。昔から彭寵を知っているつもりの呉漢は、小首をかしげた。彭寵は冷酷非情な人ではない。それどころか、馬の骨にひとしい呉漢に目をかけてくれるやさしさをもっていた。

——そういう人でも、嫉妬《しっと》はあるのか。

そう解釈するしかない。

劉秀だけではなく更始帝の家も、小豪族にすぎない。かれらが王朝の高位にあって、天下を運営していることが、彭寵にはおもしろくないのであろう。が、過去は過去、現在は現在である。いまや劉秀は王朝の大司馬であり、彭寵は漁陽太守にすぎない。頭をさげるのがどちらであるかは、おのずとあきらかであろう。

それなのに、劉秀は彭寵に書翰をだした。下手《したて》にでた、といってよい。それだけでも、

「劉将軍は、よくできた人物におもわれてきましたよ」

と、呉漢は祇登にいった。

「その程度の認識では、甘い。あの人は、まれにみる英傑だよ。兄が更始帝に誅《ころ》されたことは、知っているだろう。それでも怨《うら》みの色をみせず、兄の罪を謝《しゃ》して、みずから謹慎《きんしん》した。昆陽《こんよう》で百万の敵軍を破った功を誇ってよいのに、すこしも威張らなかった。そんなことができる人物が、ほかのどこにいるか。比類ない英知と忍耐を兼ね備えていることに、もっと大きく驚嘆すべきだ。人の偉業がどの程度であるかをみきわめられない者は、大きくおどろかない。おどろかない者に、たいした者はいない。うらやんでいるだけの者は、阿呆《あほう》だ」

祇登はまえから劉縯《りゅうえん》と劉秀という兄弟に、心情的に肩入れをしていた。が、ここでいったことに偏私《へんし》はなく、人の在りかたの真理があった。

「おどろきが足りませんか」

「ふふ、もっとおどろけ。自分に正直になれ、ということだ」

そう高らかにいって笑った祇登は、呉漢にとって賓客《ひんかく》であるというより、人生の師でありつづけている。

——劉将軍に謁見するのが、楽しみだ。

呉漢は彭寵の到着を待った。が、伝えられた日になっても、彭寵はあらわれず、翌日も、その翌日も、県に近づいてくる集団の影はなかった。

――われは、従者からはずされたのか。

慍《むっ》とした呉漢は、属吏《ぞくり》に命じて、事情をさぐらせた。翌々日に報告をきいた呉漢は、

「どうしたことか」

と、おもわず叫んだ。なんと彭寵はまだ出発していないという。その理由はわからないが、彭寵が病《やまい》になったということではないらしい。めずらしく苛立《いらだ》ちをみせた呉漢は、

「漁陽へ往く」

と、いきりたった。漁陽といっても、郡と県があり、この場合、漁陽県のことである。極寒のなかを急行した呉漢は、郡府に着くや、

「太守にお目にかかる」

と、入り口の吏人を突きとばすようにいい、奥に踏み込んだ。そこには政務をおこなっている彭寵がいた。目をあげたかれは、無言のまま怒気を放って立っている呉漢に、

「きたのか……」

と、いい、筆を置き、目で着座をうながした。

「なにを恚《いか》っている」

このとぼけた感じによけいに腹が立ってきた呉漢は、

「なにゆえ薊県往きをおやめになったのですか。劉将軍からお招きをうけたのであれば、すみやかにお応《こた》えすべきでしょう。そうなさらないわけが生じたのであれば、どうして告げてくださらないのですか」

と、刺すような烈《はげ》しさでいった。

「ふむ、気を悪くするな。なんじを、ないがしろにしたわけではない。河北全体、各太守、各県令の栄衰にかかわる重大事が邯鄲で起こった。その件をどうけとめるかは、太守としてのわれわれの一存《いちぞん》にあり、郡内の県令を集めて方途《ほうと》を定めるわけにはいかないということだ」

「はあ……」

呉漢の怒気が殺《そ》がれた。邯鄲で起こった重大事とはなんであろうか。

すこし口をつぐんでいた彭寵は、呉漢を強くみつめてから、

「劉子輿《りゅうしよ》さまが、邯鄲で皇帝として立たれた。それにともない、檄文《げきぶん》が漁陽にまでまわってきた。おそらく今月のうちには、冀州全体が劉子輿さまに従い、正月になれば、幽州全体も邯鄲の皇帝の威名に服することになろう」

と、深刻さをこめていった。

「劉子輿さま……」

どこかで耳にした名ではあるが、それが何者であるか、呉漢はすぐには憶《おも》いだせない。この困惑ぶりを、うしろに坐っている祇登が察して、

「漢の成《せい》帝の皇子です」

と、ささやいた。

「ああ、成帝の――」

呉漢が生まれたのは、その成帝の時代である。成帝は漢王朝を崩壊させるきっかけをつくったといわれる不徳の皇帝であり、かれのあとに哀《あい》帝、平《へい》帝、孺子嬰《じゅしえい》という短命の皇帝がつづいて、王莽《おうもう》の王朝にかわった。

王莽が皇帝の位を簒《うば》ったとき、長安《ちょうあん》に、

「われこそは成帝の子の劉子輿である。われが漢の皇室を復興するであろう」

と、宣《の》べて、民衆の喝采《かっさい》を浴びた者がいた。おどろいた王莽によって、かれはすぐに殺されたが、じつはその者は劉子輿の偽者であり、真の劉子輿がどこかにいて、やがて漢皇室を再興するにちがいない、といううわさが生きつづけた。

はたして本物の劉子輿が邯鄲にいて、ついに正体をあらわして、天子として立った。

「みなは劉子輿さまの出現を待ちこがれていたのだ。いまの更始帝の乱脈ぶりをきいていないのか。あの卑《いや》しい王朝は、三年ももたずに滅ぶ。政治に正道を望んでいる者たちは、ことごとく更始帝から心を離し、劉子輿さまに寄せるであろう。ゆえに更始帝を扶《たす》ける劉将軍のもとには、往かないことにした」

と、彭寵はいった。この決断が正しいかどうか、かれには迷いがあったのであろう。また幽州内の太守と県令が、それについてどう考え、どう行動するか、見定めたいという意いもあり、おのれの旗幟《きし》を鮮明にせず、帰趨《きすう》を保留《ほりゅう》した。

「さようですか」

あっさり呉漢はひきさがった。

――狡《ずる》い人だ。

帰途についた呉漢は、彭寵を誹《そし》りたいというより、落胆した。太守ともなれば、かるがるしい進退を忌《い》まねばならない。おのれの命運の栄衰は郡の安否にかかわる。それはわかるが、礼は礼としておのれの容儀をまっさきに劉秀にみせておくのが、まともな人のありかたではないのか。

車中で慍然《うんぜん》としている呉漢に、祇登は、

「太守の心底には、かつての漢皇室をなつかしみ、崇《あが》める情がある。その情は、漢の皇帝の血すじで、本統《ほんとう》に近い人に寄《よ》り添《そ》おうとしている。更始帝のように、血胤《けついん》としては枝葉にすぎない者に、頭をさげたくないというのが真情だろう」

と、声をかけ、解説した。

「先生は、劉将軍をどう観《み》ていますか」

はっきりいって、呉漢の関心は、まだ薊県にいる劉秀にむけられている。良い評判しかきこえてこない。かつて王莽の評判も、善美に満ちていたときがあった。いまの劉秀が羊の面をつけた狼であるとすれば、その人物をみそこなってしまう。

「劉将軍がどの程度の人物であるか、ほんとうにたしかめたいのであれば、直接に会うしかない。が、県令であるなんじが、太守の意向を無視して、薊県まで密行するわけにはいかない。よりよく知りたければ、郵解を遣《や》ればよい。かれはうわべにごまかされる男ではない」

「さっそく、そうします」

「だが、人と物事は、近づきすぎると本質が観えなくなるときがある。劉将軍が河北を巡っているのは、おそらく更始帝から離れ、独立するための勢力を培《つちか》うためだ。それは、なかばうまくゆき、これから幽州の総攬《そうらん》をはじめようというときに、劉子輿の出現によってくじかれた」

「やはり、そう観ますか。兄を更始帝に殺されているのに、復讐《ふくしゅう》しないはずがない」

「復讐か……」

とたんに祇登は浮かない顔をした。おそらく祇登には、親と弟のかたきとして況《きょう》糸《し》を殺したことに、多少の後悔があるのであろう。あるとき、祇登は、

「昔は、極悪人《ごくあくにん》でも、いまは善行をつづけ、多くの民に慕《した》われるようになっていれば、その者は罰せられるべきだろうか」

と、いった。況糸がそういう者にあたるとはかぎらないが、況糸にも家族がいたであろうと想《おも》う心が、悔恨《かいこん》を棄《す》てきれないでいる、と呉漢はみた。

「昔、斉《せい》の桓《かん》公という君主は、おのれのいのちを狙った管仲《かんちゅう》を赦《ゆる》しただけではなく、かれを擢用《てきよう》して、国政さえまかせ、自身は天下の盟主となった。劉文叔《りゅうぶんしゅく》という将軍が、復讐をあえて忘れることができたら、かれが天下人になる。それは、まちがいない。邯鄲で立った劉子輿は、偽者だ。そもそもいまごろになって立つのが、おかしい」

祇登は表情をあらためて断言した。

劉子輿についてくわしくない呉漢は、なぜ河北の太守と県令がそろってかれに畏服《いふく》するのか、よくわからない。ほんとうに劉子輿が漢皇室を復興し、天下の民を救う人

であれば、王莽の軍と戦ってみせるべきであった。ところがかれはそれをせず、王莽が殺された直後も静黙し、いまごろになって正体をあらわしたのは、なるほど怪《あや》しい。

——劉子輿が偽者であるという証拠はないのか。

安楽県に帰着した呉漢はそればかりを考えるようになった。

正月になった。ついに劉子輿の檄文が安楽県にもとどいた。それをうち棄てた呉漢は、薊県へ遣った鄞解のかえりを、多少の苛立ちをもって待ちつづけた。

「遅い——」

しびれをきらした呉漢が、左頭を薊県へむかわせようとしたとき、鄞解が帰着した。

「薊県になにがあった、早く、申せ」

呉漢は舌をもつれさせながら、鄞解に発言をせかせた。

「劉将軍は、薊を脱出しました」

脱出、といったところに、事態の異様さがある。

「薊県も、劉子輿に加担《かたん》したのか」

「そうです」

劉子輿が邯鄲で立ったことを知った劉秀は、薊県を拠点にして、南の勢力に対抗しようとした。ところが劉子輿の檄文に強く反応した県令など上級の吏人は、劉秀を無

視して、劉子輿の使者を城内に迎えようとした。ほぼ同時に、往時、薊県《りゅう》を支配していた広陽国王の子である劉接《せつ》が城内で立ち、劉子輿に通じて誼《よしみ》を結ぼうとした。そのため城内は騒然とし、群衆は劉秀とその従者をとりかこんだ。内と外の力で圧迫された劉秀は、間一髪、城外へのがれた。それをみとどけた郵解だが、さすがに劉秀の逃走路まではたどらず、帰ってきたという。
「劉将軍は、南へ去ったのか」
「そうです……」
その後の劉秀をたしかめたわけではないが、幽州をでて冀州にはいる道をすすんでいる、と郵解は想像している。郵解はかなり劉秀に同情しているようであった。

「冀州は、劉子輿の本拠となった州だ。そこにはいれば、劉将軍は捕獲されよう。南ではなく、北へきてもらいたかったな。幽州のほうが危険はすくない」

呉漢は肩を落とした。

劉秀が冀州で捕斬されれば、それからの天下の形勢は混沌《こんとん》とする。いま赤眉《せきび》は更始帝に服従したかたちで、おとなしいが、いつ牙《きば》をむくかわからない。そうなれば、劉子輿の勢力が巨大化するのは目にみえているので、年内に、三大勢力がいり乱れて戦い、中原《ちゅうげん》どころか河北も荒廃することになろう。天下が鎮静するどころか、ますます烈しく擾乱《じょうらん》する。

「なぜ人々は、劉子輿を信奉《しんぽう》するのですか。幼児のときに、王莽によって帝位からおろされた皇帝がいたではありませんか。その人は、死んではいないのでしょう。その人を奉戴《ほうたい》するほうが、すじが通るとおもうのですが……」

と、呉漢は祇登に問うた。

「ふむ、廃替《はいたい》された皇帝は、孺子嬰といい、王莽に誅されたとはきいていない。定安《ていあん》公となり、公国の主《あるじ》になったようだが、封国にのがれないように宮城内に幽閉された、といううわさはある。はっきりいえば、さほど賢い人ではない。だから、たれもかつがない」

「そうですか……」

ますます世は昏《くら》くなる。呉漢の胸も暗くなった。

ひと月ほど経《た》ったある日、

「お耳にいれたいことがあります」

と、郵解が政務室にはいってきた。その表情に光をみた呉漢は、

「劉将軍が殺されたという話ではなさそうだ」

と、さきにいってみた。目で笑った郵解は、からだをかたむけて、

「その劉将軍ですが――」

と、低い声でいった。薊県からのがれた劉秀と従者は、飲まず食わずという過酷な逃避行をつづけ、凍死しそうになる危難を踰《こ》えて、冀州東部にある信都《しんと》にたどりついた。そこの太守が劉子輿に順服せず、劉秀を迎え入れた。その一事をもって劉秀は息をふきかえし、信都の周辺を討伐し、となりの鉅鹿《きょろく》郡にはいって、下曲陽《かきょくよう》県を陥落させ、いまやその兵力は数万であるときこえてきた。その回復のはやさは、奇蹟的である。

――棄てられた石が、黄金の光を放ちはじめたようなものだ。

それが実感であった。

「よく報《しら》せてくれた。すぐに漁陽へ往く」

冀州で捕殺されるであろうと予想された劉秀を、天が祐《たす》け、人が佑《たす》けた、と想ってもあながちまちがいではなかろう。つぎには地が助ける。そのときまで傍観することは、天、地、人に礼を欠き、やがてその無礼をとがめられることになる。そのことを、彭寵に説《と》くつもりで、すみやかに出発した。

この従者のなかに呉漢の弟の呉翕《ごきゅう》がいた。南陽郡に使いをした角斗と魏祥は、呉翕と呉漢の妻子をともなって帰ってきた。母と兄の呉尉《ごい》は、家と田を棄てるにはためらいがあるため、出発をみあわせた。

幽州の春は遅い。仲春になってようやく春がきたと告げる花木《かぼく》が蕾《つぼみ》をつける。

「草木だけではない。諸事、河北は中原より反応が遅い」

と、呉漢は笑いながら弟におしえた。

「しかし空気が澄んでいます。中原のそれは汚《よご》れています。遅いことが、かえって良さを保つことになりませんか」

と、呉翕はいった。

「ほう――」

弟の顔をのぞきこんだ呉漢は、その精神の成長に気づき、おどろいた。考えるまでもなく、弟はもはや十代、二十代ではない。呉漢の知らない苦難の道を歩いてきたと想うべきである。苦難は人に智慧《ちえ》をさずけてくれる。とはいえ、その智慧は人を高めてくれるとはかぎらず、人を卑《いや》しくする場合もある。呉翕が陋劣《ろうれつ》な智慧のつかいかたをしないとわかった呉漢は、心のなかで兄に感謝した。弟を善導してくれたのは、兄を措《お》いてほかにいないであろう。

漁陽の郡府にはいった呉漢は、待たされることなく彭寵に面会することができた。すぐにかれは、

「物には、売りどきと買いどきがあります。人もおなじで、おなじ行動と態度が、ときがちがえば、その価値は霄壌《しょうじょう》ほどちがってしまいます」

と、説きはじめた。勢力を増大させつつある劉秀が、もうどこからの援助も要《い》らないという時点になって、その軍に参加を申し込んでも、軽視されるだけである。人に頭をさげたくない彭寵が、尊大さをつらぬいても、けっきょく絶好の機を失ったがゆえに、みじめに低頭しなければならなくなる。しかし、いま劉秀を助ければ、彭寵はいかなる恥辱《ちじょく》にも遭《あ》わないどころか、その義俠《ぎきょう》によって天下に名が知られることになる。

「邯鄲で立った天子が、人々の絶賛を得るほどの善政をおこなっているのですか」

「いや、それはないが……」

彭寵の容態に迷いの色が生じた。

仇討ち

冀《き》州で立ち直った劉秀《りゅうしゅう》をほんとうに助けたといわれるためには、いま援兵《えんぺい》を発《た》たせるしかない。

この呉漢《ごかん》の説にうなずいた彭寵《ほうちょう》ではあるが、

「われの一存で、郡の軍事を左右できるわけではない」

と、いい、すぐに属吏《ぞくり》を集めて、劉秀を援助する是非《ぜひ》を詢《と》うた。が、それを是とする者はほとんどおらず、

「邯鄲《かんたん》の天子に従うべきです」

という意見が圧倒的に多かった。

呉漢を待たせていた彭寵は、冴《さ》えない表情で、

「われの意向は遮断《しゃだん》されたよ。なんじもあきらめるしかない」

と、力のない声でいった。

——この人が、本気になっていないからだ。

呉漢は心のなかで慍然《うんぜん》と彭寵を睨《にら》んだ。が、事態は変わらない。

やむなく呉漢は城をでた。やりきれないおもいの呉漢は、車中から天空を仰ぎみた。

わきにいた呉翕《ごきゅう》が、その表情をうかがいながら、

「県など捐《す》てて、劉将軍のもとへ趨《はし》ればよいではありませんか。兄上には、最初から劉将軍に優遇されたいという心がある」

と、辛《から》いことをまっすぐにいった。

「ほう、いってくれたな。なんじが正しい。もともとこの県令の官は、劉将軍からたまわったものだ。それを返上するために往くのは悪くない。そうするか……」

ようやく呉漢は前方をみたが、まだ割り切れないものを心裏《しんり》にかかえている。正義のためとはいえ、わけも告げずに県の吏人《りじん》と人民を放擲《ほうてき》するのは、無責任でありすぎる。また旧《もと》も今も主である彭寵を裏切るかたちで姿を消すのは、信条が宥《ゆる》さない。

小さな嘆息をくりかえす呉漢の目に、亭の建物が映《うつ》った。その建物も二階造りである。

「あそこで休憩する」

呉漢は従者とともに亭内にはいり、二階にのぼった。窓辺に肩をあずけた呉漢は、ぼんやりと下の道をながめた。下は並木道である。

――おや……。

ようやく気づいたというべきであろう。木の根元に横たわっている男がいた。そんなところでねむるはずはない、とおもった呉漢は、よく観察するために目を凝らした。

――儒生《じゅせい》だな。

儒生は、儒学生といいかえてもよい。儒教を学んでいる者の服装には特徴があり、全体にゆったりしている。礼を尊ぶ者が道で寝るなどということはない。すると、あの者は、けがをしているか、腹がへって動けないか、どちらかであろう。

「魏祥《ぎしょう》よ、あの者を、ここにつれてこい」

そういいつけた呉漢は、なおも観察をつづけた。

魏祥に声をかけられた儒生は、おどろいたように顔をあげた。ひげは濃くない。髪はほこりをかぶっているが、若い人のそれで、面貌《めんぼう》には卑《いや》しさがない。やがてかれが魏祥にともなわれて二階に上がってきた。一礼して入室したかれは、呉漢のまえで膝《ひざ》をそろえた。けがをしているようではない。その緊張を解《と》くために、あえて目で笑った呉漢は、

「その者からきいたとおもうが、われは安楽県《あんらくけん》の令である。あなたが河北《かほく》を巡ってい るのなら、二、三教えてもらいたいことがある。迷惑でなければ、昼食をつきあって もらいたい」

と、やわらかくいった。

儒生はつばをのみこみ、すぐにうなずいた。呉漢の容貌と口ぶりは、相手に警戒心をもたせない。それは、いまにはじまったことではない。

膳がでるころには、儒生は呉漢の人柄が染《し》みたように、肩の力をぬき、口も軽みをもちはじめた。それをみすました呉漢は、

「あなたは長安《ちょうあん》で留学していたが、父の死をきいて零陵《れいりょう》郡に帰った。ふたたび長安にのぼろうとしたが、戦渦《せんか》にまきこまれてしまい、中原《ちゅうげん》が荒廃してしまったので、河北を巡るようになったというわけですか」

と、さりげなくさぐるように問うた。

「そうです」

儒生は食事をはじめたせいで、返答が軽佻《けいちょう》である。

「われは荊《けい》州の南部にくわしくないが、零陵郡は中原ほど擾乱《じょうらん》が烈《はげ》しくないでしょう。その郡にとどまっていたほうがよかったのではありませんか」

「事情があったのです」

「ほう、事情が、ですか」

人に軽々しくは語れない事情、ということであろう。

儒生が食事を終えるころ、さきに箸《はし》を置いた呉漢は、顔に厳色《げんしょく》をあらわして、

「あなたは邯鄲も通ったであろう。そこで立った天子の評判をきかせてもらいたい」

と、問うた。

しばらく黙っていた儒生は、ようやく箸をはなして、わずかに鼻で哂《わら》い、

「劉子輿《りゅうしよ》のことですか。あれは、偽物《にせもの》ですよ」

と、いいつつ首をあげた。

「偽物――」

呉漢はおもわず膝をすすめた。

「あの者は、もとは、なんとかいう占い師で、劉子輿の名をかたったのです。父の旧友が邯鄲にいるので、その人からききました」

「やはり、偽物か……」

呉漢は二、三度自分の膝を打った。

儒生がいった、なんとかいう占い師、とは、王昌《おうしょう》または王郎《おうろう》のことで、かれは人

相を観《み》ることのほかに天文暦法《てんもんれきほう》に明るかった。そのかれが、旧の趙《ちょう》王の子である劉《りゅう》林《りん》をたぶらかして挙兵をうながし、みずから劉子輿と称し、天子として立ったというのが実情である。

うわさに便乗《びんじょう》しただけで、これほどの大勢力を形成した王郎は、稀代《きたい》の詐欺《さぎ》師というべきであろう。そのことは、人をあざむく才能が巨《おお》きかったということだけではなく、この時代の人々が予言を好み、それを信じようとしたことに関係がある。倫理《りんり》書、道徳書を経書《けいしょ》というのに対して、未来書、予言書を緯書《いしょ》という。経書には、人がある。緯書には、天地がある。人々は人の声よりも、天地の声をきこうとした。それほどこの時代は、未来がみえぬ暗さにおおわれていたといえるであろう。

「それにひきかえ、劉将軍は――」

と、儒生は劉秀を賛美しはじめた。劉秀に順《したが》った人々は、その人格の高さに頭をさげたといってよい。そういわれると、ますます劉秀に会いたくなった呉漢は、

「いま幽《ゆう》州のすべてが、邯鄲の偽物にあざむかれている。太守と県令の目を醒《さ》まさせるために、あなたの力を借りたい。いまから安楽県に同行してもらえまいか」

と、強引にいざなうようにいった。

「それは、かまいませんが、なにをなさるのですか」

「檄文《げきぶん》を郡内にまわしたい。われには作文の才能がないので、あなたにその文を書いてもらいたい」

「そういうことですか……、いいでしょう。その文で郜鄲の詐欺を暴露《ばくろ》して、劉将軍の徳を謳《うた》ってみせましょう」

「そうと決まれば、長居は無用だ」

腰をあげかけた呉漢に、儒生が問うた。

「あの……、わたしは況巴《きょうは》と申します。あなたさまは――」

「われは、呉子顔《ごしがん》という。いまは幽州にいるが、生まれはあなたとおなじ荊州だ」

それをきくや、況巴の表情が一変した。眉宇《びう》に妖《よう》の気がでた。

「もしや、あなたさまは、宛《えん》で亭長《ていちょう》であった……」

「その、もしやよ」

直後に、

「父の仇――」

と、絶叫した況巴は、ふところの匕首《ひしゅ》をとりだして、呉漢に斬りつけようとした。ほとんど同時に、角斗《かくと》と左頭《さとう》がとびかかって、況巴をとりおさえたので、その匕首の先は呉漢にとどかなかった。

　呉漢は、組み敷《し》かれたまま荒い息をつづけている況巴に顔を近づけ、

「われは妄《うそ》を好まないので、事実だけをいう。あなたが況糸《きょうし》という零陵郡の吏人の子ではないか、とすこしまえに気づいた。たしかにその吏人はわが亭で休息した。が、その日、われは母の親戚の集会に出席するために、魯陽《ろよう》にいた。つまり、あなたの父がわが亭にきたことを知ったのは、あなたの父が殺されたあとであり、われはあなたの父の容姿も知らない。ゆえに、われがあなたの父を殺せるはずがないし、殺さなければならぬ理由ももたない」

　と、淡々と語《つ》げた。

　まだ憎悪に満ちた目つきをやめない況巴は、

「遁辞《とんじ》をかまえるのか。卑怯《ひきょう》だぞ。わたしは宛の亭長がわが父を殺して逃げたときいたぞ。げんに、なんじは幽州まで逃げてきたのではないか」

　と、顔をゆがめながらいった。

「殺したのは、われではない。われが養っていた客のひとりだ。それがわかれば、連座を恐れるのは当然であろう」

「妄だ。それも遁辞だ」

　そういいつつ況巴がもがいたので、呉漢は角斗と左頭をさがらせ、上半身をあげた

この儒生のまえに坐り、

「邯鄲の真偽をみぬいたなんじが、眼前にいる者の真偽もみぬけぬのか」

と、一喝《いっかつ》した。

雷にうたれたように青ざめた況巴は、おもむろに坐りなおして、目をうるませ、

「わたしは訛伝《かでん》を信じてきた。宥してください」

と、いい、うつむいた。

「わかってくれれば、なんでなんじを咎《とが》めようか」

「それで……」

ふたたび目をあげた況巴は、

「わが父を殺したのが、あなたさまの客であることがまことであれば、その者の氏名をおあかしください」

と、すがるようにいった。

「その者は、死んだ」

「えっ……」

「というのは、妄だ。しかしこの妄は、なんじを活《い》かし、救う妄だ。その者の氏名をなんじに伝えるとすれば、なにゆえその者がなんじの父を討たなければならなかった

のか、ということもおしえなければならない。おそらく、その事実がなんじの未来を閉ざし、なんじの才能を斃死《へいし》させてしまう。それがわれにはわかるだけに、氏名をおしえぬ。それでも知りたければ、九野《きゅうや》の果てまで、仇を捜しにゆけばよい」

呉漢は諄々《じゅんじゅん》とさとした。況糸を殺した祇登《きとう》は、あれほどの才能をもちながら、仇討《あだう》ちのために時を浪費し、公益《こうえき》のために働けず、名を顕揚《けんよう》できなかった。

況巴は複雑な感情が生じたようで、目をそらした。ひとつ、あきらかになったことは、

――父は、その者にとって、仇であった。

と、いうことである。つまり、父は昔どこかで人を殺した。その真相に、おもってもみない残虐さがあれば、美化してきた父の像がむざんに崩れ落ちる。

「なんじが仇を討った直後から、なんじが仇にされて、追われることになる。そういう一生でいいのか、と問うている。答えよ」

ここでの呉漢は執拗《しつよう》である。

――この儒生を救ってやりたい。

父の仇はかならず討たなければならないという儒教の教義は美しいが、その美しさに縛られつづけると、醜悪な生きかたをせざるをえなくなる場合がある。死んだ父の

ためにだけ生きるよりも、いま生きている人々のために生きるほうが、充実感があるのではないか。呉漢はそう意《おも》っている。

「仇讎《きゅうしゅう》を忘れよ、ということですね」

況巴は苦しげにいった。

「そうだ。なんじを苦しめているのは、父の仇ではない。仇讎ということばだ。それは甲《よろい》のようなもので、なんじはどこへ行くにもその甲をつけている。それをぬぎ棄《す》てなければ、平服も礼服も着ることができぬ」

「吁々《ああ》……」

況巴は小さく嘆息した。やがて、呉漢をみつめなおして、

「あなたさまには、仁《じん》も義《ぎ》もある。わたしはたぶん、怨恨《えんこん》の淵に沈もうとしている。あなたさまだけが、手を差しのべてくれた。この手は、父の手でもある、といま感じました。どうか浅慮のわたしをその手でお導きください」

と、いいつつ、涙をながし、床《ゆか》にひたいをつけた。

「よし、わかってくれたら、さっそく義のために働いてもらおう。檄文ひとつが、幽州を救うことになる」

況巴を自分の馬車に乗せた呉漢は、安楽県にいそぎ、帰着するや、

「帰途、おもいがけず、良い拾い物をしました。沉巴というこの儒生が、邯鄲の天子の化《ば》けの皮をはいでくれたわ」

と、まず、祇登にむかっていった。

沉巴という名をきいても、祇登は眉《まゆ》ひとつ動かさず、静かに目で笑って、

「それは、よかった」

とだけいい、すぐに角斗に目語《もくご》して、ふたりで室外にでた。

事情を知った祇登は、ため息をついた。

「あの者は、われが父の仇であることを知らないということか……」

「魏祥と郵解《ゆうかい》も、口が裂けても、そのことをあの儒生に告げません」

「だが、いつか知るであろうよ」

「そうでしょうか。県令はあの儒生に檄文を書かせるだけで、登用するわけではないでしょう」

角斗は口をとがらせた。

「いや、かならず登用する。呉子顔はそういう人だ。だからまず沉巴をわれにみせた」

「めんどうな人をかかえこむだけです」

「そうかな……、いや、そうではあるまい。これは県令のわれへのおもいやりだ。われは仇討ちという美名《びめい》のもとに、人ひとりを殺した。じつはそれによって、その人の子さえ殺しかけたのに、県令はその子を救った。ほんとうに救うことになるのは、これからだ、と暗《あん》にわれにいった」

「へえ、そうなりますか」

角斗は首をふった。かれも祇登を尊崇《そんすう》している。あんな馬の骨を珍重して、祇登というかけがえのない人を失ってたまるか、という強い意いがある。

「はは、われはもう六十歳だ。あの儒生に殺されなくても、年齢に殺されよう。しかし、県令が新天地への扉をひらいて、雲に梯子《はしご》をかけて昇るところをみたいものだ。われらもその梯子に手をかけ、足をかけることができるのだぞ」

「まさか、とはいいませんが、県令にそれほどの強運があるのでしょうか」

「あるさ、あの儒生を拾ったことも、強運のあかしだ」

これは祇登の直感である。

この日から、呉漢と況巴は檄文作りにとりかかった。それをさりげなく祇登が助けた。三日後に、呉漢は、

「これでよし」

と、属吏たちにそれをみせ、かれらにその文章を写させたあと、郡内の県にそれらをまわさせた。それとはべつに、もとの檄文を況巴にもたせ、

「なんじは劉将軍の密使となり、これを劉将軍の書翰《しょかん》であると漁陽《ぎょよう》の太守に信じこませるのだ。天下のためにおこなうことだ、恐れることはなにもない」

と、いいきかせて、さきに出発させた。

況巴はもともと官吏の子である。官吏の礼儀をこころえており、容儀も卑しくない。単身で漁陽の郡府に乗り込んでも、気後《きおく》れをまったくみせず、彭寵にむかって、

「王郎のごとき陋劣《ろうれつ》な者にたばかられては、ご尊父の勇名に傷がつきます。いますぐ劉将軍に援兵をさしむけられて、太守の勤皇《きんのう》の名を天下に知らしむべきです」

と、いってのけた。

――邯鄲の天子は、偽物か。

彭寵の自尊心は衝撃をうけた。そこに、呉漢がきた。

「子顔よ、きいたか。冀州と幽州のすべてがだまされていた。いや、なんじのみが正しかった。われは恥ずかしい。そこで、今後の方策を立ててもらおう」

「ご英断です。儒教には、過《あやま》てばすなわち改《あらた》むるに憚《はばか》ること勿《な》かれ、ということばがあるとききました。ほんとうに恥ずかしいのは、過失を知りながら、そのままにして

おくことです。すぐさま上谷郡《じょうこく》の太守に書翰をおだしになり、勧誘なさるべきです。わが郡の突騎《とっき》だけを援兵にするのは、すこし兵力不足です」

これは用意してきた計画である。突騎というのは精鋭の騎兵である。となりの郡である上谷郡に気をつかっておく理由は、兵が往来する場合、かならず上谷郡を通るからである。その郡があいかわらず邯鄲の王郎支持では、漁陽郡の突騎は南下できない。

「わかった。すぐにそうするであろう。なんじは蓋延《こうえん》とともに、突騎の編制にとりかかれ」

「うけたまわりました」

況巴とともに退室した呉漢は、室外にでるや、この儒生の肩を軽くたたき、

「やったな。なんじは太守を説得したのだぞ、ことばに真実の力がなければ、人の心をうごかすことはできない。なんじの学問が本物であったというあかしだ。なんじが厭《いや》でなければ、われに仕え、われを輔《たす》けてくれ」

と、はずみのある声でいった。

「喜んで、お仕えします。しかし、わたしは馬に騎《の》れません。お従《とも》が、かなうでしょうか」

況巴は不安をかくさなかった。

「出発まで、数日はある。樊回《はんかい》に乗馬を教えてもらえ。かれは乗馬の名人だ。魏祥のような不器用な男でも、できるようになったのだ。心配にはおよばぬ」

漁陽県にとどまった呉漢は、蓋延とともに、騎兵を集めはじめた。

蓋延は、幽州にのがれてきた彭寵をかくまい、彭寵が漁陽太守になると、すぐさま召しだされて、軍事をまかされた。巨きな男である。身長は八尺《せき》（およそ一メートル八十四センチ）もある。勁弓《けいきゅう》を引くことでも有名であった。

思想と性質にいやな癖《へき》をもっていないので、

――信用するに足る。

と、呉漢はおもっているが、主君のあやまちを諫《いさ》める争臣《そうしん》にはなれないところに、ものたりなさがある。あえていえば、良臣ではあるが忠臣ではない。主君がかわってもうまくやってゆく官吏の感覚がそなわっているとみるべきであろう。

二日後に、蓋延が呉漢のもとに趨ってきた。

「上谷の突騎がきた」

「それは、早い」

早すぎる、といってよい。彭寵の書翰を読んだ上谷郡の太守が、これほど早く同意して騎兵をよこせるはずがない。

「裏がありそうだ。われらが出迎えたほうがよい」

と、いった呉漢は蓋延とともに集めた騎兵を率いて郡境へむかった。そこに上谷の騎兵隊がとどまっている。使者を先駆させたので、上谷の突騎の隊長が数騎だけを従えて郡境を越えてきた。呉漢と蓋延も多くない従騎にして、かれと会った。呉漢のまえにでた蓋延は、

「われは漁陽の護軍《ごぐん》の蓋巨卿《こうきょけい》と申す。そこもとが上谷の突騎を率いてわが郡にはいろうとしているのは、よもやわが郡を攻めるつもりではあるまいが、いかなる用がおありか」

と、すこし口調を軽くして問うた。

なお、護軍は軍の目付《めつけ》で、主将の代理である。

蓋延に敬礼した隊長は、

「それがしは上谷太守の使者で、寇子翼《こうしよく》といいます。わが太守の書翰を漁陽太守におとどけしながら、謁見《えっけん》したい」

と、いった。眉をひそめた蓋延は、

「その書翰とは、返書と想《おも》ってよろしいのか」

と、つめ寄った。

「返書……、それはどういうことですか」

こんどは寇子翼すなわち寇恂《こうじゅん》が眉をひそめた。寇恂は上谷郡昌平《しょうへい》県の出身で、郡府の上級の吏人であり、太守の耿況《こうきょう》に絶大に信頼されている。あざなが子翼である。

「漁陽太守の書翰が、上谷太守のもとにとどけられたはずだが……」

「知りません」

すると両太守の書翰がゆきちがいになったらしい。突然、破顔した呉漢が、困惑ぎみのふたりに、

「馬をおりて、そのあたりに坐りませんか」

と、やわらかくいい、道傍《どうぼう》の日陰《ひかげ》をゆびさした。さきにその日陰にはいって、腰をおろした呉漢は、坐った寇恂に、

「わたしは安楽県令の呉子顔といいます。さきほどのおふたりの話をうかがっているうちに、人のふしぎさを感じましたよ」

と、いって、微笑してみせた。

「人のふしぎさ……」

寇恂はさぐるように呉漢を視《み》た。県令ごとき者が、太守の代理になっていることのほうがふしぎだ、といいたそうであった。

「人は、おなじころに、おなじようなことを考えるものだ。それが、おもしろくもあり、ふしぎでもある。あなたが騎兵を率いてわが郡にきたのは、太守の彭伯通《ほうはくつう》さまに、邯鄲《かんたん》への通款《つうかん》をやめて、劉文叔《りゅうぶんしゅく》将軍に加担《かたん》するように説《と》くためではありませんか」

呉漢《ごかん》は寇恂《こうじゅん》をまっすぐ視《み》ていった。

寇恂はうなずくのをためらっていたが、肚《はら》をすえたように、

「そうだ」

と、答えた。とたんに呉漢だけではなく蓋延《こうえん》も笑った。慍《むっ》とした寇恂は、

「われを、嗤笑《ししょう》するか」

と、ふたりを睨《にら》んだ。そのけわしさを片手をふってさえぎった蓋延は、

「あなたとまったくおなじ趣意《しゅい》をもって、わが太守の使者が、いまごろ上谷《じょうこく》の郡府

に到着しているでしょう。つまり漁陽《ぎょよう》の太守と上谷の太守は、地上ではなく、すでに空中で意見の交換をおこない、同意しあったということです。さあ、これから、あなたはわが太守である彭伯通さまに会ってください。上谷自慢の突騎《とっき》をみせてください。彭伯通さまは、大いに喜ばれるでしょう」

と、いって、起《た》った。

「そうでしたか」

寇恂は全身で喜びをあらわした。かれも邯鄲の天子に不審《ふしん》をいだき、このさき頼るべきは劉縯《りゅうえん》の弟の劉秀《りゅうしゅう》である、と太守の耿況《こうきょう》に説いた。じつは耿況には、

「耿弇《こうえん》（あざなは伯昭《はくしょう》）」

という子がいて、かれは政権が王莽《おうもう》から更始《こうし》帝に遷《うつ》ると、父が更迭《こうてつ》されないように更始帝のもとへゆき、貢物《こうぶつ》を献じた。その帰途に劉秀に面会し、

——この人は、英傑だ。

と、すっかり魅了された。それゆえ薊《けい》県まで臣従したが、そこで混乱にまきこまれて、北へ脱出したため劉秀とはわかれることになった。父のもとに帰った耿弇は、劉秀を援《たす》けるように説いたが、

「いまは州を挙《あ》げて、邯鄲に加担している。そのながれにさからうと、われとなんじ

は、首を失うことになる」

と、自重するようにいわれた。二月になって、劉秀が復活したことが、うわさとしてとどくと、上級吏人《りじん》のなかから寇恂がすすみでて、劉秀に援兵をさしむけるべきです、と進言をおこなった。が、軽佻《けいちょう》な質《たち》ではない耿況は、

「たとえわが郡が、一万の騎兵をもっていても、独力では邯鄲の勢力をふせぐことはできまい」

と、いった。数千の騎兵を劉秀軍に付属させたあと、兵力が薄くなった上谷郡がほかの郡に攻められる場合がある。

「強力なのは、漁陽郡です。漁陽郡の太守と盟約をお結びになり、ともに援兵を南下させれば、後顧《こうこ》の憂《うれ》いはありますまい。われが漁陽太守を説き伏せてまいります」

そういって寇恂は上谷の郡府をでてきたのである。しかし漁陽太守がほぼおなじときに、盟約のための使者を上谷へ遣《や》ったとは、夢にもおもわなかった。

「なるほど、人とは、ふしぎなものだ」

と、寇恂は呉漢にいい、郡府へむかった。ただし、呉漢にむけるまなざしには、太守を輔佐《ほさ》するわけでもない一県令が、どうして郡の軍事をあずかっているのか、といういぶかしさがふくまれていた。それにようやく気づいた蓋延は、

「太守も、呉子顔《ごしがん》も、南陽《なんよう》出身で、かれはもっとも早く太守に仕えた者です。いわば、最古参の臣です」

と、教えた。

——なんだ、太守の偏私《へんし》か。

軍事的才能も器量もたぬ者が、太守のかたよった好意で、兵を率いることになるのか。このときの寇恂は、呉漢をひそかに蔑視《べっし》した。

——上級の官吏とは、つねにそういう目つきをしているものだ。

呉漢は寇恂が自分にむける感情の所在などを気にせず、かれに嫌悪感をいだかなかった。こういう心思《しんし》のありようが、呉漢の美質といってよいであろう。

蓋延と呉漢にみちびかれて、郡府にはいった寇恂は、彭寵《ほうちょう》に謁見《えっけん》して、耿況の書《しょ》翰《かん》を差しだした。一読した彭寵は、

「硬骨《こうこつ》の士は、わが郡にしかいないとおもっていたが、上谷にもいたとは、大慶《たいけい》である。わが郡の突騎はすでに千数百が集合している。まもなく二千になろう。二千になれば、すみやかに発《た》たせる」

と、いった。拝礼した寇恂は、

「承知しました。上谷も二千の突騎をだします。それに一千の歩兵を付けます」

「わが郡も突騎を率いるのは、蓋巨卿《こうきょけい》と呉子顔である」

と、述べた。

「よかろう。わが郡もそうする。突騎を率いるのは、蓋巨卿《こうきょけい》と呉子顔である」

「わが郡は、太守の子の耿伯昭とそれがし、それに景孫卿《けいそんけい》という者が、突騎を督率《とくそつ》することになるでしょう」

騎兵隊の長を決定するのは、太守であるが、どうしてもその長のひとりにしたいと寇恂がおもっている者が、景孫卿すなわち景丹《けいたん》である。

景丹は長安《ちょうあん》から遠くない左馮翊《さひょうよく》の櫟陽《れきよう》県の出身で、若いころに、長安にのぼって学問をした。王莽の時代には、その才能を認められて、上谷太守の次官となった。太守の耿況は王莽の従弟《じゅうてい》の王伋《おうきゅう》とともに、『老子《ろうし》』を学んだことがあるため、いわば上谷郡は王莽に愛顧《あいこ》された郡であった。それゆえこの郡は、王莽を倒して成立した王朝に気をつかう必要があった。景丹は寇恂とともに、上谷郡にとって最善となる策を模《も》索《さく》してきたが、邯鄲の天子が立つと、

「その天子は信用できない。いまはことばに甘酒《かんしゅ》をそえてわれらを誘っているが、いつその甘酒に毒をいれるか、わからぬ。うかつに呑むと、いのちとりになるでしょう」

と、寇恂にいった。

人格が不透明である邯鄲の天子は、おそらく上谷郡を優遇してくれることはない。その点で、寇恂と景丹の意見は一致していた。しかしながら、更始帝に臣従しつづけるのも、不安がある。そういう観点で、冀《き》州にあって聳立《しょうりつ》した劉秀をみると、

――わが郡が依《よ》るにふさわしい人物である。

と、おもわれた。劉秀は更始帝の使い走りではない。かならず邯鄲の勢力を駆逐《くちく》し、しかも更始帝から離れて、独自の勢力圏を形成するであろう。ふたりはそうみて、すでに劉秀の徳の大きさを知っている耿弇と心をあわせ、劉秀援助を決定したのである。そこには、義というより、上谷郡の利があった、といえなくもない。一方、漁陽郡の外交と政治にかかわりをもたない呉漢は、この出師《すいし》を義挙としてとらえていた。

――利益を求めて行動を起こすと、計算が狂いやすい。

これは、人に教えられたというより、農作業をやりながら自得したことである。作物を育ててくれる地は変化しないようにみえるが、天候の変化ひとつで変わってしまう。人の手は地にはとどくが、

――天には、とどかない。

という自然の理に直面しつづけたのが、呉漢の青春である。つまり、人の力ではどうしようもないものがある。そういう認識を、呉漢は早くからもっていた。利益計算

は天の気配をうかがい、先を読んで立てるものであるが、かならず計算ちがいが生ずる、ということを想定しておくのが、真の計算である。ここでは、劉秀を援助することによって、かれに恩を衣《き》せる、というのが上谷と漁陽の太守の計算であろうが、その算術の成否はどうであろうか。呉漢としては、彭寵を漁陽太守に任じてくれたのが劉秀であるから、その答礼のために援兵をだす、という礼義の世界に彭寵は思考をとどめておいてもらいたい。利害と恩讎《おんしゅう》の世界に、志望の足を踏みだしてもらいたくない。そう願いつつ、呉漢は突騎の編制を終えた。

彭寵から誥命《こうめい》をさずけられた呉漢と蓋延は、

「漁陽の突騎の名に恥じぬ働きをしてまいります」

と、答え、出発した。

ひと足さきに上谷郡にもどった寇恂は、もう邯鄲をはばかる必要はないとおもい、昌平県《しょうへいけん》にとどまっている王郎《おうろう》の使者と従者を襲撃した。これによって上谷郡は、反邯鄲という旗幟《きし》を鮮明にした。

上谷郡の府中にはいった呉漢と蓋延は、寇恂らに出迎えられ、太守の耿況に謁見した。そこまでながめていた耿弇は、

「ふたりともすぐれた人物であるが、とくに呉子顔がすぐれている」

と、寇恂にささやいた。

「そうですか」

意外であった。寇恂の目には、呉漢のほうがじみに映《うつ》る。耿弇は呉漢のどこを観《み》て、どういう比較をしたのか。

呉漢と蓋延は出発前日に上谷突騎の三将に会い、南下する進路を確認した。

耿弇らは劉秀のことは、劉公と呼び、

「劉公は冀州北部の中山《ちゅうざん》国の盧奴《ろど》県を攻略し、南にさがって真定《しんてい》を抜いたことはまちがいない。そのまま南下すれば、元氏《げんし》、房子《ぼうし》などの県があるが、いまごろは房子よりさらに南の県を攻めているかもしれない」

と、いった。

房子より南に柏人《はくじん》という県がある。もしも劉秀がそこまで進出していれば、邯鄲の王郎の直接支配地を衝《つ》いたことになり、戦いはさらに激化する。劉秀が兵の不足を痛感するのは、これからであろう。

「よし、さしあたり、柏人県をめざしましょう」

と、蓋延が肚をすえたような目つきをしていった。

「ただし、まっすぐに柏人県にむかってはおもしろくない。邯鄲に与《くみ》する者どもをたいらげつつゆこう」

耿弇が巨きな気宇《きう》をみせた。

「よけいなことをなさる」

蓋延は耿弇の若さをとがめるような目つきをした。このとき、耿弇は二十二歳であり、すでに四十代後半という年齢の蓋延にとって、耿弇は青二才といってよい。しかしこの若者が上谷太守の長男であるため、蓋延は辞《じ》を低くしているにすぎない。

するとここで呉漢が首をあげて、

「あちこち、たたいてゆくのは、悪くないでしょう。実戦を経験していない突騎を、道中で鍛《きた》え、劉公のもとに着くころには、手足のごとくつかえるようになっているでしょう」

と、いった。すかさず耿弇は、

「安楽《あんらく》県令とは、気が合いそうだ」

と、いって笑った。戦いながら南下するのは、騎兵を鍛えることになるが、狙いはそれだけではない。戦果の大きさを喧伝《けんでん》しながらゆかなければ、劉秀とその属将たちに珍重されず、その軍にくわわっても肩身《かたみ》の狭《せま》いおもいをする。

——なにごとも、最初が肝心だ。

それを知っている耿弇は、若くても、人というものをよく知っているといってよい。

「明日は、早朝に出発します」

この景丹の声にうなずいた呉漢と蓋延は、城外の屯営《とんえい》にもどった。

「魏祥《ぎしょう》よ、どうだ、風は――」

「祥風《しょうふう》ですね」

この答えに眉宇《びう》を明るくした呉漢は、まなざしを樊回《はんかい》にむけた。

「われらは涿《たく》県を通る。なんじは父に会ってきてよい。ついでに馬を四、五頭もらってきてくれ」

苦笑した樊回は、

「涿郡は邯鄲に与しているので、涿県の近くで戦いになりましょう。父に会っているひまなどありますまい」

と、いい、首を横にふった。

たしかに涿郡の兵は弱くはないが、これといった特徴はなく、天下の人々を畏《おそ》れさせるほど勁強《けいきょう》であるとはきいていない。

「なあに、涿郡の兵など、たいした障害にはならぬ。それより、予備の馬が欲しい」

「そうですか……」

すこしうつむいて一考した樊回は、

「父のことですから、使いをうけなくても、馬を献ずるために、みずからあなたさまを出迎えるでしょう」

と、いってから、首をあげた。

「はは、樊蔵《はんぞう》どののことは、なんじがいちばんよく知っている。よけいな使いをさせるところであった」

呉漢は軽く頭を掻《か》いた。

翌朝、漁陽と上谷の騎兵隊は歩兵隊を従えて、郡府のある沮陽《しょよう》をでた。

この隊は広陽《こうよう》国のへりを通って涿郡にはいった。いちおう、よけいな戦いを避けたといえる。

「さあて、涿郡の太守は、われらをどう迎えるか」

五人の隊長が集まったところで、寇恂がそういうと、すかさず耿弇が、

「太守の張豊《ちょうほう》はもともと尊大な人で、時勢の本流をみきわめられない。それゆえ、うわさにまどわされ、占いや方術を好む。すべてに自信がないのに、つねにみずからを高みに置こうとする。おそらくわれらの隊を迎撃《げいげき》するのに、吉凶を占わせてから、指図を与えるにちがいないので、策などあろうはずもなく、しかも遅鈍《ちどん》にちがいない。

この郡を通るのに、あらかじめ考慮しておかねばならぬことは、ひとつもない」

と、いい切った。

——これは大言壮語ではない。

呉漢は耿弇の発言をききながらひそかに感心した。

おそらく耿弇は張豊に会ったことはあるまい。それでも張豊の本質をみぬいている。もともと耿弇には洞察力があり、人の本質をみぬく慧眼《けいがん》をもっているにちがいないが、それだけではみきわめられない事象がこの世にはすくなくない。耿弇はいちど劉秀に仕えた。みなが邯鄲の天子にむかって趨《はし》りはじめたとき、独《ひと》り、そのながれにさからって、劉秀と生死をともにしようとした。さらに、劉秀のために幽《ゆう》州の兵を総攬《そうらん》しようとしたのであろう。つまり、劉秀とは別れて上谷郡に帰るときに、自分が将帥《しょうすい》となって涿郡を通るときがあると考え、張豊について調べたのであろう。そこにあったのは、大志《たいし》をもった者の目であり、いわゆる慧眼とはちがう。

そう考えた呉漢の心に、昔、祇登《きとう》にさとされたことがよみがえった。

「突然、その日がやってくるものだ。そのときに、うろたえずにすむ。これから、そういう日にそなえた生きかたをしてみよ」

その日とは、大志が開花する日である。呉漢は祇登の教えを遵守《じゅんしゅ》してきたとはい

えないが、耿弇の意見をきくや、

——この人には、大志がある。

と、感じた。志の目でさまざまな事象をみれば、目さきの利害と正邪《せいじゃ》にとらわれず、見あやまることはない。ただし、太守の子である耿弇が、不利な立場、弱者の立場にあったわけでもないのに、おのれをさらに成長させようとする向上心をもつのは、きわめてめずらしいのではないか。

「無心に敵に当たればよいということでしょう」

呉漢が低い声でそういうと、おどろいたように瞠目《どうもく》した耿弇は、

「無心にか……、なるほど、無心にまさる戦術はない」

と、苦笑をまじえていった。つぎつぎに策が浮かんでくる耿弇のような男にとって、無心などという老荘思想的なことばには無縁であったが、なぜか呉漢にそれをいわれたときに、多弁は寡黙《かもく》に劣り、策の多さは策の寡《すく》なさに負ける、と感じた。ふしぎな感覚であった。呉漢以外の者にそういわれたら、おなじように感じないかもしれない。

——この呉子顔という男は、何者であるのか。

耿弇が呉漢に強い関心をもったのは、このときである。

漁陽と上谷の騎兵と歩兵は、涿郡にはいって南下を開始した。

「やや、あの二郡の兵が、わが郡を侵したのか」

太守の張豊はさっそく、どうすべきか、道士《どうし》に諮《はか》った。

「これは両郡の太守の連盟のもとに発せられた兵で、わが郡を攻めるというより、冀州にいる劉公を援けるために、通過するだけです。邯鄲の手前、かれらを阻止するふりをすればよく、そのあとに劉公に誼《よしみ》を通ずるべく、使者をお遣りになるべきです」

首鼠両端《しゅそりょうたん》とは、このことであろう。保身のためとはいえ、ずるいやりかたではあるが、誤《あやま》った正義の淵《ふち》に飛び込んで淪没《りんぼつ》するよりもましであろう。この時点で、力を保有している者にとって、なにが正で、なにが邪であるのか、判別できなかったにちがいない。それゆえ占いを好み、予言の書を読みあさった。理知的とおもわれる劉秀でさえ、予言を信じて、そこにおのれの正当性を置いたのであるから、張豊の迷妄《めいもう》ぶりを嗤《わら》えない。

涿県の北郊《こう》に郡と県の兵が迎撃の陣を布《し》いた。が、漁陽と上谷の兵は予想以上の速さで、その不完全な陣に接近して、大破した。

――突騎は勁《つよ》い。

呉漢だけではなくほかの隊長も、それを確認した。

この隊が涿県の西郊を南下しはじめたとき、前方に小集団が出現した。

「別の騎兵隊かもしれぬ」

寇恂らが色めいたとき、樊回が呉漢にささやいた。うなずいた呉漢は樊回とともに馬を急速にすすめると、

「あれは敵ではないとおもわれます。われらがたしかめてきます」

と、いい、数騎を従えて小集団にむかって走った。ほどなく呉漢は馬を速歩にかえて、

「なんじの父上の出迎えだ」

と、樊回に顔をむけて笑った。

道傍《どうぼう》にならんだ馬の上には、樊蔵だけではなく、隹久《すいきゅう》など数人の顔があった。かれらは呉漢をみると下馬した。

「やあ、樊蔵どの。行軍の途中なので、馬上のままで失礼する。馬をねだりにゆきたかったが、あるいは、あれは――」

呉漢は道傍からつづく草原をゆびさした。そこには百頭ほどの馬がいる。

「はは、ご遠征の前祝いです。献上しますので、ご随意におつかいください」

豪気とは、このことであろう。

「百頭も、くださるのか」

「愚息を養育してくださった礼も兼《か》ねております」

「やっ、われはなにもしておらぬ。ご子息は、独りで成長している」

そういって樊蔵を笑わせた呉漢は、配下の兵をつかって百頭の馬をうけとると、すぐさま四人の隊長に、

「樊蔵どのからの贈り物です」

と、告げ、それぞれに二十頭を贈った。これによって、またたくまに樊蔵は上谷郡の隊長たちに顔を売ったこととなった。別れ際に、樊蔵は、

「つねにあなたはそういう人だ」

と、呉漢にいい、深々と頭をさげた。

それら道傍の影から遠ざかったとき、呉漢は樊回と馬首をならべ、

「なんじの申した通りであった。父子にかよいあう愛情をみせてもらった。だが、樊蔵どのの従者のなかに、なんじの兄はいなかった」

と、すこしさぐるようにいった。

「そうです。父が亡《な》くなったあとが心配です。わたしには三人の兄がいますが、そのなかのひとりは異腹《いふく》です。しかし最年長なので、弟どもをみくだしています。ほかのふたりは、わたしとおなじ正妻の子ですが、仲が悪く、つねにいがみあっています。

はっきりいって、その三人には、威望がないのです。いま父を敬慕している人々は、その兄の代になれば、失望し、離散し、あの聚落《しゅうらく》は消えてしまうでしょう。佳久も家人と友人を率いてあそこをでるにちがいありません。頼る先は、わたしか、あなたさまです」

「そうか……。人が消えれば、馬も消える。こまったことだ。なんとかしてやりたいが、いまはどうにもならぬ」

戦いは、これから十年はつづくであろう。軍が保有する馬の多少は、軍の力にかかわる。劉秀が冀州と幽州だけではなく、天下の制圧にとりかかったとき、数千頭の馬を供出できる牧場が消滅していては、不都合きわまりない。

――佳久に、牧場をもたせたい。

いまの県令という身分では、できることの幅は狭い。それでも佳久を迎えたあとの処遇を、いまから考えておくべきであろう。

呉漢に隠然たる力があることを察した上谷郡の隊長らは、態度をあらため、呉漢に親交するようになった。蓋延も呉漢をみなおしたようで、

「なんじには天与《てんよ》のなにかがある」

と、いって、感嘆した。

突騎の連合隊は疾風のごとく涿郡を通過して、冀州の中山にはいり、さらに南下して鉅鹿《きょろく》で暴れまわると、東行して清河《せいが》の敵をつぎつぎに破った。この猛威はほどなく冀州全体に知れ渡った。

南下軍

冀《き》州に謎の旋風《せんぷう》が生じた、といってよい。

突如、南下してきた騎兵と歩兵の集団が、つぎつぎに郡県の兵を撃破した。しかしながら、かれらはいっさい政治的喧伝《けんでん》をおこなわず、目的も示さなかったので、無言の集団として畏《おそ》れられた。

この正体不明の集団が、鉅鹿《きょろく》郡の西南部に位置する広阿《こうあ》県に近づきつつあった。

ここに劉秀《りゅうしゅう》がいた。

すでに城内では、

「幽《ゆう》州の二郡の兵が、邯鄲《かんたん》を援《たす》けるべく南下してきた」

といううわさが飛び交い、将士《しょうし》は迎撃《げいげき》のそなえにはいった。首をひねった劉秀は、

「あわててはならぬ」

と、諸将の騒ぎを鎮《しず》め、みずから城壁をのぼって西門の楼上《ろうじょう》に立ち、天を翳《かげ》らせはじめた塵煙《じんえん》を遠望した。

——兵の規模としては、五、六千か。

とにかく一万未満の兵が敵であっても、撃退できる、とやや安心した劉秀は、楼上で見守りつづけた。やがて騎兵集団がはっきりとみえた。それは、うわさ通り、幽州二郡の兵であろう。

——あれが、名高い突騎《とっき》か。

騎兵のなかでも突騎は特別に勁《つよ》い。一千の突騎は、五千の騎兵に勝てるかもしれない。しかも抜群の機動性をもっている。

ほどなく城門に近づいてきた騎兵隊のなかから、隊長らしき者が仰首《ぎょうしゅ》しつつ、さらに城門に近づいた。かれのまなざしは楼上に立つ劉秀をとらえている。劉秀はその隊長に、

「どこの兵であるか」

と、問うた。このとき返答を楼上までのぼらせたのは、景丹《けいたん》である。景丹は上谷《じょうこく》郡の長史《ちょうし》となっているので、五人の隊長のなかでは最上格である。

「上谷郡と漁陽《ぎょよう》郡の兵です」

「その兵は、たれのためたに、ここにきたのか」

「劉公のために到着しました」

「やあ、やあ――」

劉秀は手を拍《う》ってはしゃいでみせた。

「遠来の将を迎え入れるために、すみやかに城門をあけよ」

そういった劉秀は、景丹のうしろまで馬をすすめてきた耿弇《こうえん》を認め、莞爾《かんじ》とした。

かつて劉秀が薊《けい》県で窮《きゅう》しはじめたとき、軍議の席で耿弇はこう述べた。

「やがて邯鄲の兵は南からやってきます。ですから、南へゆくべきではありません。

漁陽太守の彭寵《ほうちょう》は、劉将軍とはおなじ郡の出身です。上谷太守は、わたしの父です。

この両郡の一万騎を徴集《ちょうしゅう》すれば、邯鄲などは恐れるに足りません」

この発言を憶《おぼ》えていた劉秀は、

――孺子《じゅし》め、まことに両郡の騎兵を率いてきたわ。

と、ひそかに感嘆した。

半時後に、劉秀のまえに景丹、寇恂《こうじゅん》、耿弇、蓋延《こうえん》、呉漢《ごかん》という五人がならんで坐った。

劉秀は喜色満面《きしょくまんめん》で、

「邯鄲の王郎《おうろう》は、上谷と漁陽の突騎を招いてみせると豪語していたようだが、われがその突騎を得た。この喜びにまさるものはない。これからは両郡の士大夫《したいふ》と功を共にするであろう」
と、自軍の将士にきこえるほどの声でいい、五人の隊長をひとりひとりねぎらった。まず、五人すべてを偏《へん》将軍に任じた。偏将軍とは、裨《ひ》将軍と同義語で、部隊長をいう。
つぎに、侯に任じた。
景丹は奉義《ほうぎ》侯に、
寇恂は承義《しょうぎ》侯に、
耿弇は興義《こうぎ》侯に、
蓋延は建功《けんこう》侯に、
呉漢は建策《けんさく》侯に、
ということになった。ただし、こまかなことをいうと、このとき呉漢だけが侯に任ぜられず、あとまわしになった。
呉漢のうしろにいて、謁見《えっけん》の席につらなったといえる角斗《かくと》は、退出するとすぐに忿《ふん》憤《ぷん》の色をあらわにして、
「劉公には人をみぬく目がないのです。主《しゅ》が県令であるときいただけで、軽んじたに

ちがいない。あれでは、天下を取るどころか、邯鄲にも勝てない。がっかりしました」

　と、ぶちまけるようにいった。そのとがった肩をなでた呉漢は、

「祇登《きとう》先生は、劉公をはじめてみて、おもった通り、大人物だ、と感心していたよ。われは、劉公の美しさにおどろいた」

　と、微笑しながらいった。

「劉公のどこが美しいのですか」

　角斗は目をむいた。

「すべてが美しい。しかも、よけいな重みがない。人はなかなかそこまでゆけない」

　これは劉秀をはじめてみた呉漢の率直な感想である。若いころの劉秀は農業の達人であったらしい。農業に従事する時間が長かった呉漢には、その人格形成の過程がわかるような気がする。一言でいえば、農業は合理ではできず、不合理をうけいれて昇華《しょうか》する心力《しんりょく》をもたねばならない。劉秀は兄の劉縯《りゅうえん》を更始帝に誅《こうし》されたが、それを怨誹《えんび》の心でとらえず、大切に育ててきた作物が一夜の洪水でながされたときとおなじ哀しさとしてとらえた。水を仇敵《きゅうてき》とみなして、仇討《あだう》ちをすることはできない。

　劉秀が更始帝を怨《うら》んでいれば、その感情の強さはかならず相手につたわり、ぶじで

はいられなかったであろう。いや、劉秀は賢いので、怨念のかたまりである自分をかくしつづけている、とみる人もいる。が、呉漢は、それではかくし持っている荷が重すぎて、闊達《かったつ》さを失い、先を読みあやまり、好機に臨《のぞ》んでもすみやかに動けない、とおもっている。劉秀によけいな重みがない、といった深意はそれである。

この日から、呉漢など二郡の隊長は劉秀直属となり、鉅鹿城の攻略に参加することになった。

その城を守っているのは、王郎の属将のひとりである王饒《おうじょう》である。すでに劉秀軍の兵力は数万であり、城を包囲してもさしつかえない。しかしながら、鉅鹿は堅城である。秦《しん》王朝期の末に、この城は数十万の秦軍に包囲されても落ちなかった。どちらかといえば野戦のほうが得意《とくい》な劉秀は、手を焼き、ひと月あまり包囲しつづけただけであった。

「この城にこだわらず、軍を南下させるわけにはいかないのだろうか」

と、呉漢は祇登に問うた。

「人はうしろから襲われたら、ひとたまりもない。軍もおなじことだ」

「それは、わかるが、王饒は墨守《ぼくしゅ》の人で、攻撃に長じていないのではないか」

呉漢がそういうと、祇登はあえて声を立てて笑った。

「なんじの口から、墨守ということばがでるとはおもわなかった。いまの世で、墨翟《ぼくてき》について語る者はすくなく、かれが説《と》いたことを遵奉《じゅんぽう》する者はさらにすくない。となれば、史談にその名があらわれるしかなく、史籍《しせき》をよく読んだ者が、なんじに教えたのであろう。すなわち、況巴《きょうは》からきいたにちがいない」

「一言で、化けの皮がはがれてしまった」

呉漢ははにかみをみせた。戦国時代にあらわれた墨翟という思想家は、実戦にも長じ、かれが守った城はぜったいに落ちなかった。その守りかたまで況巴は調べたことがあるらしく、呉漢相手に、その蘊蓄《うんちく》をかたむけたことがあった。

「だが……、なんじの推察があたっていれば、ここでの滞陣は無益となる。そろそろ劉公はつぎの行動を重臣たちに諮《はか》るだろう」

祇登はそういったが、ほどなく劉秀軍は別の敵と戦わざるをえなくなった。邯鄲にいる王郎が、

「鉅鹿が落ちたら、劉文叔《りゅうぶんしゅく》の軍は、一瀉千里《いっしゃせんり》となる」

と、わめき、将軍の倪宏《げいこう》と劉奉《りゅうほう》に数万の兵を属《つ》けて、救援にむかわせた。

このころ冀州内では、劉秀に心を寄せる者がふえており、その救援軍の発向《はっこう》は、すぐに劉秀に報《しら》された。

——野戦となれば……。

ひそかに勇躍した劉秀は、その救援軍の進路をさぐらせた。

「なに……、鉅鹿にむかってこない……」

邯鄲軍は鉅鹿から遠いところを北上しつつあるという。

「どこへゆくのであろうか」

劉秀は諸将を集めて詢《と》うた。その邯鄲軍は鉅鹿を救うとみせて、実際は、劉秀軍に落とされた城を奪回してまわるのかもしれない。このとき劉秀の膝下《しっか》には、

鄧禹《とうう》（あざなは仲華《ちゅうか》）
朱祐《しゅゆう》（あざなは仲先《ちゅうせん》）
馮異《ふうい》（あざなは公孫《こうそん》）
銚期《ちょうき》（あざなは次況《じきょう》）
賈復《かふく》（あざなは君文《くんぶん》）
臧宮《ぞうきゅう》（あざなは君翁《くんおう》）
邳彤《ひとう》（あざなは偉君《いくん》）
劉植《りゅうしょく》（あざなは伯先《はくせん》）
耿純《こうじゅん》（あざなは伯山《はくざん》）

などの将がいた。かれらはそろって劉秀の重臣であり、それに呉漢など新参の将がくわわって、軍議がひらかれた。

すぐに耿純が言を揚げた。かれは耿という氏をもっているが、耿弇の親戚というわけではない。出身は鉅鹿郡の宋子《そうし》県で、父は王莽《おうもう》の政権下で、済平《せいへい》（定陶《ていとう》）の長官となった。耿純自身も王莽に擢用《てきよう》されて、納言《のうげん》の士《し》となった。更始帝が王朝を樹《た》てると、耿純の父はその王朝に従うべく降伏して、済南《せいなん》太守に任ぜられた。

——しかしその地位は危ういものだ。

と、感じた耿純は、更始帝に絶大に信頼されている李軼《りいつ》に昵近《じっきん》した。ちなみに劉秀の兄の劉縯を誅すように更始帝をそそのかしたひとりが李軼である。この策謀家に面会した耿純は、あえて直言をおこなって、気にいられ、騎都尉《きとい》に任ぜられた。その後、邯鄲で劉秀を迎えたが、すぐに、

——尋常ならざる将軍である。

と、みぬいて、親交を深めた。劉秀は北へむかったが、耿純は邯鄲にとどまった。だが、王郎の挙兵に遭《あ》って脱出せざるをえなくなり、北へ奔《はし》って、劉秀とは育《いく》県で会った。そこで前将軍に任命されると、一族を挙《あ》げて、劉秀の軍事を助けつづけてきた。兵略に精通している男である。

「邯鄲を中心とする勢力圏において、鉅鹿は重要な北門にあたります。その門が破られようとしているのに、邯鄲の兵がほかのどこを攻めるというのでしょうか。遠く迂回《かい》して、われらの目をくらましておいてから、急速に鉅鹿にむかってくるにちがいありません」

耿純がそういうと、すかさず鄧禹が、

「同意——」

と、いい、くりかえしうなずいてみせた。鄧禹と朱祐は重臣のなかでも特別な存在である。ふたりとも長安《ちょうあん》に留学中の劉秀に会っており、朱祐は劉秀とともに蜜《みつ》から薬を作って売ったことがあるほどの親しさなので、いまでも劉秀の宿舎のなかで寝泊まりしている。だが見識の高さは鄧禹のほうが上で、

「かれは蕭何《しょうか》のごとき人物だ」

と、祇登は呉漢にいった。かつて劉邦《りゅうほう》が天下を平定したあと、最高の勲功を樹てたと認められたのは、戦場にでず、後方支援をつづけた蕭何であった。漢王朝期に生まれた者であれば、蕭何の名を知らない者はほとんどいない。

「よし、包囲陣を薄くして、邯鄲の軍をどこかで襲撃しよう」

そう決断した劉秀は、みずから軍を率いて北へむかった。その際、上谷の突騎だけ

が劉秀に従い、呉漢と蓋延は鉅鹿の包囲陣に残された。

「信用されていませんね、漁陽の突騎は――」

と、角斗は不満げに唇をまげた。

「主が南陽《なんよう》の出身であることを、劉公はまだご存じではないのかも……」

そういった左頭《さとう》も首をかしげている。幽州から駆けつけた五将のなかで、呉漢だけが遠ざけられているという感じを、左頭ももっている。

「いや、劉公ほどの人が、新参の五人について無知であるはずがない。主が宛《えん》の亭《てい》長《ちょう》であったことは、充分に承知だろう。重臣のなかでは、朱仲先どのが宛の出身なので、あの人が主の不利になるうわさを劉公に吹き込んだのかもしれない」

ひごろおとなしい魏祥《ぎしょう》も、呉漢が冷遇されていることに、鬱憤《うっぷん》をかかえはじめていた。

「おい、おい、めったなことをいうな。朱仲先どのは幼いころに父を喪《うしな》ったので、宛から復陽《ふくよう》へ移っている。亭長のことも知るまいよ」

と、祇登がみなをたしなめた。

「先生は、そんなことまで、ご存じなのですか」

祇登の弟子といってよい角斗が感心してみせた。

「郵解《ゆうかい》が教えてくれたのさ。かれの耳は、陣中でも役に立つ。憶測《おくそく》で判断すると、大事なところで大まちがいをおかす。魏祥は人の声をきくより、風の声をきいたほうが、まちがいがすくない」

「はい、そうします」

魏祥は首をすくめた。

「劉公は神のごとき明哲《めいてつ》さをもっている。たとえ呉子顔《ごしがん》が闇にかくれようと、その明察をもって闇を裂き、その異才を照らしだすであろう。しばらくの辛抱だ」

そう強くいった祇登は、鄧禹が戦陣から帰るのを待ち、ひそかにかれに会いに行った。鄧禹は新野《しんや》県の出身であり、蔡陽《さいよう》出身の祇登はかれの祖父と父を知っている。

劉秀軍は鉅鹿城の東北に位置する南繿《なんれん》において、邯鄲軍を大破した。その地での戦いは、劉秀軍が急襲をかけたかたちであったにもかかわらず、迎撃した邯鄲軍が勁《けい》強《きょう》さを発揮して、劉秀軍を退却させた。そのままでは劉秀軍が敗潰《はいかい》するというきわどいところで、逆転のしぶとさをみせたのが、景丹麾《き》下《か》の突騎である。この騎兵隊の勁さは、想像をうわまわる烈しさで、追撃してきた邯鄲軍を殴打《おうだ》し、その先鋒をうちくだいた。それによって一気にながれが変わり、追う者が追われる者となった。敗走する邯鄲兵は十里のうちに死者の山を築いた。それを知った劉秀は、帰陣した景丹を

大いに称揚《しょうよう》し、

「突騎は天下の精兵ときいてはいたが、われは今日、その戦いぶりをはじめてみた。この楽しさはことばにできないほどである」

と、上谷の騎兵に最大の賛辞を与えた。一千の突騎で一万の軍を破ることができる。それを知ったおどろきと喜びがこめられたことばであろう。おそらく劉秀は、そういいつつ、

——それならもっと幽州の兵が欲しい。

と、おもったにちがいない。いま劉秀の麾下にいるのは、上谷と漁陽の突騎四千と歩兵二千にすぎない。すくなくとも幽州の騎兵が一万もいれば、野戦では不敗となろう。

この戦いで、鄧禹は先陣をまかされたが、敵の先陣に圧迫されて、敗走した。もともと戦略家ではない。それでもつねに劉秀の軍事の中枢をまかされた。劉秀にとって局部戦の勝敗などはどうでもよく、

「かれこそ大計を知る」

と、鄧禹を尊重しつづけた。

鄧禹は多くの人と会い、語ることを好むので、来訪者をこばまなかった。祇登の名

をすぐには憶《おも》いだせなかったが、蔡陽出身者であるときいただけで、

「会おう」

と、いった。

白鬚《はくしゅ》の祇登をみた鄧禹は、いきなり、

「もしや、あなたの家とわが家は、通家《つうか》ではあるまいか」

と、きりだした。急に記憶がよみがえったのである。目で笑った祇登は、

「父祖の代からのつきあいです。ただし、わたしの家は、あなたが生まれるまえに、消滅しました」

と、鄧禹の年齢を推定しながらいった。鄧禹はこの年に二十三歳である。劉秀自身も三十代になったばかりであるから、この軍は若さに満ちているといえる。

「やはり、そうでしたか。父からあなたの家についてきかされたことがあります。わが家は、あなたの家に助けられたことがある。また、あなたの家の惨事も知っています」

「そうですか」

祇登はおだやかさを保ち、感傷をみせなかった。

「あなたは学業において秀才であった。それも知っています。となれば、われを佐《たす》け

てもらえまいか」

　鄧禹は祇登の服装をみて、そういった。祇登は平服である。

「はは、あなたは目が悪い。広阿において、幽州の諸将が劉公に謁見した際、わたしは呉子顔のうしろにいた」

「えっ、そうでしたか。すると、いまは――」

「呉子顔の客でしたが、いまは臣下のごとく仕えています」

「それは、残念――」

　そういった鄧禹は、二、三度、軽く膝《ひざ》をたたいた。あなたほどの人が、あのような者の下にいるとは。鄧禹のしぐさは無言にそう語っていた。すると祇登は眉宇《びう》に厳しさをあらわした。

「この軍の柱石《ちゅうせき》は、まぎれもなく、あなたです。しかし劉公が天下にむけて行政府を設けるようになったらどうでしょうか。いまの仮り住まいが、堂々たる宮殿になるのです。その巨大な家は、一本の柱だけで支えうるものでしょうか。すくなくとも軍事と行政の二本の柱が要《い》るでしょう。あなたは内心軽視なさっているが、呉子顔こそ、いま一本の柱になる偉材です」

「ちょっと待ってもらいたい。呉子顔が宛の亭長であったことくらいは知っている。

あの男は、人を殺して逃げた」

「ふっ」

と、鼻で哂《わら》った祇登は、鄧禹の目をまっすぐに視《み》て、

「あなたは目も悪いが、耳も悪い。根も葉もないうわさを信じて、俊傑をみのがすようでは、とても劉公の良弼《りょうひつ》になれない」

と、忌憚《きたん》なくいった。

だが、耳が痛くなるようなことをいわれても、嚇《かっ》と怒らないところが、鄧禹の大きさであろう。

「うわさには、五分の真実がふくまれている、と信じているが……」

「では、十全《じゅうぜん》の真相をお話ししましょう」

それから半時ばかり対話をつづけた祇登は、ひそかに自陣にもどり、そ知らぬ顔をしていた。

翌日、劉秀に会った鄧禹は、このまま鉅鹿包囲をつづけてもなんら戦略的意義が生じないことを説いた。

「城を守っている王饒は、敗退すると王郎に斬られることを恐れて、必死に防戦しているにすぎません。たしかにかれは堅守《けんしゅ》しました。その点では、墨守の人です。しか

し邯鄲には大きな戦略というものがありません。諸将がつながって動いていないのです。この軍の大半が北へ移動しても、王饒は薄くなった包囲陣を破るべく出撃すべきなのに城に籠《こ》もったままでした。この軍が包囲をやめて、邯鄲へむかっても、王饒はおのれの首をたたいて喜ぶだけで、去ってゆく軍をうしろから襲うことをしないでしょう。ゆえに、すみやかに邯鄲へむかうべきです」

「なるほど、われもそうおもっていた」

うなずいた劉秀は、もはや諸将を集めて意見をきくまでもないと決断し、ただちに包囲を解《と》いて、

「南へむかう」

と、諸将に指示した。

すでに初夏である。が、行軍をつづける将士はこのうるわしい季節を満喫《まんきつ》しているわけにはいかない。鉅鹿から邯鄲までの間には、三、四の県があり、それらから兵が出撃した。しかし南絲においてて大勝した劉秀軍には破竹《はちく》の勢いがあり、むかってくる敵軍をことごとく撃破した。ついに仲夏にさしかかるまえに邯鄲に到った劉秀軍は、迎撃の陣を布《し》いていた邯鄲軍を大破し、敗兵を城に追い込むと、包囲陣を完成した。

急に気温が上昇した。まさに仲夏における攻防戦となった。

ここまで呉漢にはめだった功はない。

だが遊軍あつかいであった漁陽の騎兵も、先陣に活用されるようになった。

「焦《あせ》るにはおよばない。個人の武勇などは、劉公の重視するところにあらず」

呉漢の近くにいる祇登は、どっしりと肚《はら》をすえている感じで、くりかえしそういった。そのように落ち着きはらっている祇登をながめながら、呉漢は、

――突然、鄧仲華どのが、わが陣をたずねてきたのは、この人のしかけであろう。

と、想《おも》った。先日、ふいに鄧禹に訪問された呉漢は、なぜか馬が合って、長時間語りあった。こんどは呉漢が鄧禹に会いにゆくことになっている。

雨にけむる邯鄲城を看《み》ていた祇登は、

「あの城は、今月のうちに落ちる。人に相《そう》があるように、城にも相がある。まさに衰《すい》亡《ぼう》の相だ」

と、いったあと、ふりかえって、

「将軍の才徳は、あんな城ひとつを落とすためにあるわけではない」

と、呉漢にいった。

大将軍

劉秀《りゅうしゅう》軍へ内通する者の手で、邯鄲《かんたん》城の門はひらかれた。

それは王郎《おうろう》の徳の稀薄《きはく》さのあかしであろう。

一時期、冀《き》州だけでなく幽《ゆう》州までも靡然《ひぜん》とさせたかれの威名も、ついに地に墜《お》ちた。

城内に漢兵《かんぺい》がなだれこんだことを知った王郎は、夜陰《やいん》にまぎれて城外へ脱出したものの、漢の将士に追跡され、王覇《おうは》という将に斬られた。

劉秀は邯鄲を取った。同時に、冀州と幽州を取った、ということにならないところに、このときの情勢のむずかしさがある。

二月に洛陽《らくよう》から長安《ちょうあん》へ遷都《せんと》した更始《こうし》帝が、善政をおこない、その恩徳《おんとく》を天下に垂れていれば、天下は安定の方向にむかい、劉秀も更始帝を輔佐《ほさ》すべく、戦勝報告のために長安へゆくことになったであろう。しかしながら更始帝は荒政《こうせい》をつづけ、その評判は悪くなるばかりである。ゆえに天下は揺れつづけている。

このはてしない揺蕩《ようとう》のなかで、劉秀とその従者だけが、わずかな静泰《せいたい》を得たといってよいであろう。

劉秀は邯鄲にとどまり、動かなかった。

すべてが流動しているのに、かれの不動は異質であり、そのことがかえってかれの評判を高めた。

「それも存在価値を高大にするひとつの手かもしれないが、劉公はここで得た力を、つぎにどこへむけたらよいか、迷っているのかもしれない」

と、祇登《きとう》はいった。

――なるほど、そうだろう。

内心、うなずいた呉漢《ごかん》は、劉秀の苦悩を察した。おそらく劉秀は基本的には更始帝と対立するような事態を避けたい。しかしこのままでは更始帝の下の一将軍にすぎず、劉秀独自の思想を忌憚《きたん》なく具現《ぐげん》化することができない。

「劉公は岐路に立っている」

祇登はそう表現したが、じつはここが歴史的な岐路でもあった。

さきに動いたのは、更始帝であった。

邯鄲城を落とし、王郎を誅殺《ちゅうさつ》した劉秀の威声《いせい》が盛んになるばかりであることを危《き》惧《ぐ》した更始帝は、

「かれに王の称号を与え、軍から切り離して長安に呼び寄せてしまえば、冀州はわれの直隷《ちょくれい》となる。また、かれを支持している幽州の太守どもを罷《や》めさせ、あらたな太守を送り込めば、幽州も間接支配地となる」

と、小智慧《ぢえ》をはたらかせた。

言下に、侍御史《じぎょし》の黄党《こうとう》が使者となって出発した。ほぼ同時に、苗曽《びょうそう》、韋順《いじゅん》、蔡充《さいじゅう》という三人が勅命《ちょくめい》をうけて、北へむかった。

邯鄲に到着した黄党が劉秀に勅旨《ちょくし》をつたえ、皇帝の代人として劉秀を蕭《しょう》王に任じて封建した。ここから劉秀は、蕭王とよばれることになるが、封建母体である王朝が威権を衰弱させていては、そこから発行された称号も、店屋の看板とかわらぬ価値しかない。公が王になっただけである。

むろん更始帝の底意《そこい》を察知している劉秀は、

「まだ河北《かほく》が平定されていませんので」

と、使者にむかって鄭重《ていちょう》に説諭《せつゆ》をおこない、軍を手離さず、長安へもゆかなかった。

当然、劉秀軍は邯鄲城の内と外に駐留した。

自身が動いていると、流動しているものの速さも方向もわからない。劉秀は邯鄲城に腰をすえて、天下の動きを観《み》ていたといってよい。

閑日《かんじつ》、劉秀は温明殿《おんめいでん》という宮殿のなかで横になっていた。そこにあわただしく耿弇《こうえん》がやってきた。更始帝が幽州にほどこした工作の内容をつかんだため、報告にきたのである。劉秀が手を束《つか》ねていれば、幽州の勢力図が一変しかねないので、応急手当をしてもらわねばならない。

――起きてください。

その心の声とともに、北伐《ほくばつ》を懇請《こんせい》した。

劉秀は起きた。兵略の方向を決めた。河北の平定がまだです、と勅使に答えたかぎり、軍の主力を北へむけるべきであろう。とにかく冀州と幽州を完全に掌握する。天下を争うのは、それからでよい。

「よし、なんじを大将軍に任ずる。幽州を安定させ、州の兵を率いて、われのもとへもどるべし」

そういったあと、劉秀は不安をおぼえた。たしかに耿弇は賢明であり、立てる策もつねに良質である。が、なにぶん若すぎる。はっきりいえば、威が足りない。策だけでは、幽州全体を従えさせるのは無理である。

——真の武徳をもっているのは、たれであろうか。

じつのところ、劉秀はまだ、将のなかの将、諸将を総攬《そうらん》できる将をみつけていない。鄧禹《とうう》が将として成長すれば、かならず元帥《げんすい》にふさわしい威と徳をそなえると信じてはいるが、目下、それは期待として劉秀の胸裡《きょうり》にしまわれているにすぎない。

「詢《と》いたいことがある」

劉秀はみずから鄧禹の舎《いえ》へ行き、北伐について意見を求めた。

「耿弇を幽州にお遣《や》りになるのですか」

「ふむ、すでに大将軍に任命した」

「それがまちがいであるとは申しませんが、ご配慮に不備があります」

「ほう、その不備とは――」

劉秀は膝《ひざ》をすすめた。自分の不安をみぬかれたというおもいがそうさせた。

「耿弇は賢明な将ですが、短時日《たんじじつ》に幽州の兵を糾合《きゅうごう》させるほどの威名をもっていません。かならず失敗するでしょう」

「それよ――」

劉秀は嘆息した。眇《すが》めた鄧禹は、

「どうして呉子顔《ごしがん》をおつかいにならないのですか」

と、いった。

「あれか」

横を向いた劉秀は、あれはだめだ、と苦《にが》いものを吐きだすようにいった。

「かれのなにがだめなのですか」

「うすぎたない。なんじは知るまいが、呉子顔は宛《えん》の亭長《ていちょう》であったとき、休息した吏人《りじん》を殺し、その財宝を奪って、逃亡した。その後、彭伯通《ほうはくつう》に拾われて、県令に登用《とうよう》されたが、旧悪のつぐないをしたとはおもわれぬ」

「おどろきました」

鄧禹の目と口とが大きくひらかれた。

「どうだ、おどろかずにはいられまい」

「いえ、主《しゅ》の目と耳は、神のごとくであるとおもってきましたが、人並《ひとな》みであるときもある、と知っておどろいたのです」

「ほう、それは——」

劉秀にむかって辛辣《しんらつ》なことがいえるのは、鄧禹だけであろう。ここでも劉秀は恚《いか》らず、困惑したように口を閉ざしただけである。すかさず鄧禹は語気を強めて、

「あの事件の真相は、呉子顔の食客《しょっかく》であった者の仇討《あだう》ちなのです。殺された吏人が

道傍《どうぼう》に放置されていたので、しのび寄った者が財宝をみつけて、それを奪ったあと、事件当日、呉子顔が亭に不在であることを知らずに、罪を呉子顔になすりつけるために吹聴《ふいちょう》したにちがいありません」

と、詳細を語った。

「そうであったか」

劉秀は長大息した。劉秀が兄とともに挙兵したとき、最大に協力してくれたのが宛県の李通《りつう》である。また劉秀は挙兵まえに宛県で穀物を売っていた。それゆえ宛県内のうわさは巨細《こさい》もらさず拾ったつもりであるが、なかには粗悪《そあく》なものがあり、それを棄《す》てずにきてしまったということである。

劉秀の反省《はんせい》を察した鄧禹は、もはや語気を強める必要はないとおもい、呼吸をととのえ、

「呉子顔は、勇敢で、しかも智謀があります。諸将のなかでかれに及《およ》ぶ者はほとんどいません」

と、厳色《げんしょく》をみせていった。

人を推挙することは、推挙された者と責任を共有することになる。ここでは、呉漢が失敗すれば、鄧禹にもその咎《とが》がおよぶ。

「なんじが、そこまでいうのであれば――」

劉秀の決断は早かった。呉漢を召すと、建策侯《けんさくこう》の称号を与えると同時に大将軍に任命した。

大将軍がふたりになった。

いや、より正確にいうと、耿弇が劉秀軍にくわわった時点で、劉秀は耿弇の父の耿《こう》況《きょう》に大将軍の称号を贈ったので、すくなくとも大将軍は三人となった。劉秀の王朝が確立していないので、称号の安売《やすう》りのようなことがおこなわれた。それでも大将軍は、将軍たちの上に在る将軍、とみてよい。

任命の内容を知った呉漢の配下は、そろって歓喜した。

自舎にもどった呉漢は、まっさきに祇登に近寄り、

「われの命運は、先生の掌《たなごころ》にあるのですか」

と、いった。この突然の厚遇には裏があり、呉漢の視界の外でひそかに動いていたのが祇登でなければ、たれであろう。

だが、祇登はゆるやかに首を横にふって、

「大将軍の命運が、われごとき小さな掌におさまろうか。あなたの命運は、天の懐《ふところ》にあるのです」

と、強くいい切った。

翌日、漁陽《ぎょよう》郡と上谷郡《じょうこくぐん》の突騎《とっき》が邯鄲をでた。

呉漢と耿弇の仲は悪くない。冀州を北上して幽州にはいったところで、ふたりは情報を蒐《あつ》めた。幽州はちょっとした内乱状態である。漁陽太守の彭寵《ほうちょう》と上谷太守の耿況は、更始帝の命令を拒絶し、新任の太守に郡府をあけわたさなかった。それゆえ韋順と蔡充はまず上谷郡を取るために協力し、耿況と対立した。このふたりに指示を与える立場にある苗曽は、上谷郡と漁陽郡を通過して、右北平《ゆうほくへい》郡の西端に位置する無終《むしゅう》県にはいり、そこを本拠にして、幽州全体に威令を布《し》こうとしていた。

さきに邯鄲の王郎になびいた幽州諸郡の太守たちは、情報不足ということもあって、定見《ていけん》をもっておらず、

「王郎が滅んだのであれば、やはり更始帝に従うべきか」

と、安易に考え、劉秀の実力を認めない者がすくなくなかった。かれらの目には、更始帝と劉秀は一体として映《うつ》っており、劉秀が更始帝から離れて独立しようとしている機運を察知できないでいる。

「諸太守の目を醒《さ》まさせるよい機会です」

呉漢がそういうと、耿弇は大きくうなずいたものの、

「敵は二方にいる。どのように攻めるべきか」

と、首をかしげた。敵が二方にいるのであれば、こちらも二手にわかれればよい。それだけのことである。軽く笑声を立てた呉漢は、

「上谷郡にはいって立ち竦《すく》んでいるふたりを討つのに、ご尊父の兵を借りるまでもありますまい。われは無終県へむかいます」

と、あっさりいって立《た》った。

この軽妙な挙止《きょし》がよかった。行動を起こすまえにかならず策を置くことが習癖《しゅうへき》になっている耿弇は、このぞんざいな決定に、呉漢の度胸を感じた。

——われは敵を過大に視《み》すぎているか。

苦笑しつつ立った耿弇は、またしても呉漢をみなおしたおもいで、

「では、敵を駆逐《くちく》したら、幽州の兵をかき集めましょうぞ」

と、声に活気をこめていい、突騎を率いて北へむかった。それを見送った呉漢は、

「いちど安楽《あんらく》県に帰り、それから無終県へむかう」

と、配下に告げた。安楽県をでてからすでに三か月が経《た》っている。この三か月は、またたくまであるともいえるが、三年の長さにも感じられる。とにかく漁陽郡をでたときは県令にすぎなかった呉漢は、帰還するときは蕭王に仕える大将軍になっている。

——すると、われの主はもはや彭伯通さまではなく、劉文叔《りゅうぶんしゅく》さまということになる。

それなら、安楽県令という官を太守に返上しなければならない。そう考えながら、安楽県に近づいた呉漢は、出迎えの騎兵をみた。そのなかの顔なじみの吏人に笑貌《しょうぼう》をむけた呉漢は、

「よく留守《りゅうしゅ》してくれた」

と、ねぎらいの声をかけた。その吏人はすばやく馬首を寄せ、

「あなたさまが遠征なさっているあいだに、郡府から派遣された仮令《かれい》がはいり、吏人の大きな交替がありました」

と、不満をこめて報告した。仮令とは、仮《かり》の県令である。かれは県庁に赴任すると、さっそく呉漢の息のかかった吏人を罷めさせ、つれてきた腹心と側近に重職を与えて、おのれの身辺を固めてしまった。

「それゆえ、あなたさまのご令兄《れいけい》がご到着したのに、官舎にはいれず、わたしが民家をご用意しました」

「兄がきたのか——」

素直に喜びたいところであるが、彭寵の指図をうけた仮令のやりかたに人としての

温度を感じなかったので、複雑な気分になった。

「なんじには迷惑をかけた。なんじは知るまいが、劉公は蕭王を拝受し、われは大将軍を拝命した。なんじがここで冷遇されているのであれば、われに仕えよ。蕭王はやがて更始帝にかわって天下に号令をくだす。なんじの才を、われとともに、蕭王のためにつかったらどうか」

吏人は頭をさげた。

「わたしには老母がいて、ここを離れるわけにはいきません。しかし、あなたさまを慕う者はすくなくありませんので、声をかけてみます」

「ああ、なんじは孝行の人だ」

感心した呉漢は、ふりかえって、弟の呉翕《ごきゅう》に、

「なんじはこの者に従って、兄さんに会いにゆけ。われは仮令に面会する」

と、いい、角斗《かくと》や魏祥《ぎしょう》などを弟に付《つ》き添《そ》わせた。騎兵を門外に残し、数人の従者とともに県内にはいった呉漢は、県庁にはいることができなかった。吏兵《りへい》に阻止された。ほどなく庁舎からでてきた仮令は、

「子顔どのよ、ここにはあなたの席はありませんぞ」

と、冷えた声でいった。

「それは、すでにきいた。県令の官を太守に返上するてまがはぶけた。では、蕭王麾《き》下《か》の大将軍として、徴兵《ちょうへい》を命ずる。この県からも騎兵をだしてもらおう」

「やや——」

仮令は冷笑した。

「劉文叔は、いつ幽州の主《あるじ》となったのですかな。いま天下の主は更始帝であり、この帝は幽州の民意を無視してあらたな太守を送り込んできた。劉文叔はそれを諫《いさ》めもせず、蕭王に封建されたのをよいことに、幽州の兵を糾合させようとしている。道理に悖《もと》るとは、このことです。わが主は、更始帝でも蕭王でもない。漁陽太守の命令にしか従うつもりはない」

「存念は、よくわかった。時勢を視る目を澄まさないと、せっかくの命運を隕《お》とすことになる。それが残念である、と彭伯通さまにつたえてもらいたい。伯通さまには、二度とお目にかかることはないでしょう」

これが、恩義のある彭寵との永遠の別れとなった。

もともと彭寵は自尊心の盛んな人であり、劉秀をみくだしていたうえに、かれに隷《れい》属《ぞく》した呉漢の飛躍的な昇進に妬忌《とき》をおぼえたのであろう。あえていえば、かれは前漢王朝に憧憬《しょうけい》と敬意をおぼえつづけていただけに、前代の制度と秩序がことごとく崩壊した革命期に関与せずに自立しつづけるという幻想をいだいた。これが幻想ではなく、現実でありうる機会がなくもなかった。つまり、邯鄲で立った天子が本物の劉《りゅう》子輿《しよ》であってくれれば、彭寵は喜んでかれに仕え、その王朝の大臣になりさえすればすべての願望は充足したのである。この旧態に依《よ》りかかろうとする精神のありように、革命期を乗り切ってゆける活眼《かつがん》はなかった。じつはかれの下にその活眼をもっていたのは、呉漢ただひとりであったといってよく、その稀少価値というべきひとりを遠ざけたとあっては、彭寵は衰頽《すいたい》してゆくしかなかったというほかない。

事実、彭寵は五年後に劉秀に叛逆し、官軍をむけられたあと、自分の奴隷《どれい》に殺害されるというみじめな末路をたどることになる。

さて、迎えにきた魏祥に従って兄のいる民家にいそいだ呉漢は、

——これで、この県の見納めか。

と、おもえば、さすがに感傷をおぼえた。賤家《せんか》に生まれた自分が、県の長官になったことでも誇らしかった。行政ということを教えてくれたのも、この県である。

——この県は、われを人として成長させてくれた。

そういう感謝の目で、家並《いえな》みを視た。

「ここです」

まえをゆく魏祥は馬をとめた。すぐに呉漢は馬をおりて、さほど大きくない家のなかにはいった。

兄の呉尉《ごい》が低い声で弟と談笑していた。それを見守るように立っているのは、兄の妻と子の呉彤《ごとう》である。母の姿がないことを気にかけながら、呉漢は歩み寄って、

「兄さん、よくきてくれた」

と、胸の熱さをおぼえつついった。南陽《なんよう》郡の宛県からここまでは、およそ二千里という道程《どうてい》である。この家族に付き添ってくれた従者がいるようではあるが、よくぞたどりついた、というしかない。小さな叫び声を揚げて起《た》った呉尉は、呉漢の手を烈しくにぎった。兄は目をうるませつつ、しばらく無言であった。同様に、閉じた唇《くち》をふるわせていた呉漢は、やがて、

「母さんは――」

と、問うた。

「亡《な》くなった……」

急にからだの力を失ったように呉尉は手を離して坐った。母が死去したので、家を棄てる決意がついた、ということであった。呉漢は猛烈にむなしさをおぼえた。いまの自分を母にみせたかった。が、母を兄にあずけつづけてきたといううしろめたさが

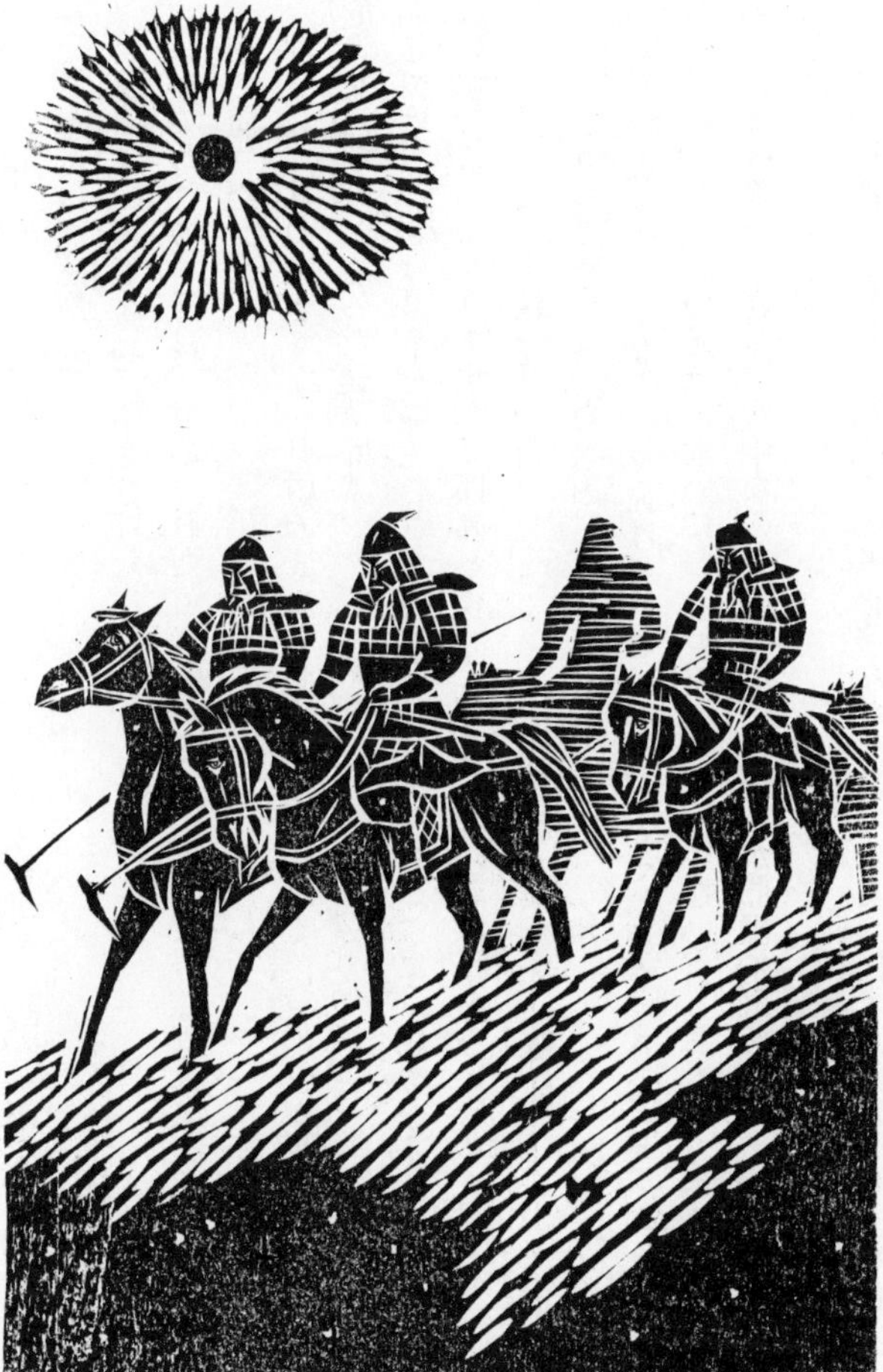

ないことはない。

「兄さんには、感謝している」

呉漢はこの篤実《とくじつ》な兄に頭をさげた。

「いや、われの孝行は、誉められたものではない。それより、なんじは立派になった。一族の誇りだ」

けっして欲の大きくない呉尉のまなざしに、めずらしく羨望《せんぼう》の色が生じた。それを危険なけはいと感じた呉漢は、

「じつは、われは県令を罷免《ひめん》されたので、わが家族もここには住めなくなった。また旅をすることになりますが、邯鄲へ移ってもらわなければならない」

と、くわしく事情を語った。

すこしうわの空になった呉尉は、

「弟も戎衣《じゅうい》をつけてなんじを佐《たす》けている。われも、それがかなうだろうか」

と、いった。この兄ほど戦いにむいていない人はいない、とおもっている呉漢は、

「いまは危険な任務を遂行《すいこう》中なので、話は、兄さんが邯鄲に落ち着いてから、ということにしましょう」

と、兄の肩をたたき、魏祥と況巴《きょうは》を呼んだ。このふたりに十人ほどの騎兵を付けて、

兄と自分の家族を邯鄲まで送りとどけることにした。

「さあ、征《ゆ》くぞ。ここに長居は無用だ」

心の荷を軽くした呉漢は、安楽県をでると、騎兵隊の速度をあげて東へむかった。目的の無終県の東南には川がながれているが、西からは接近しやすい。その城を遠望するところまできた呉漢は、

「さて、どうするか」

と、左右に諮《はか》るように馬を駐《と》めた。督率《とくそつ》する騎兵は千ほどで、この兵力ではとても城攻めはできない。

「苗曽の配下は、五百もいないのでは――」

と、樊回《はんかい》がいったが、たとえそれが正鵠《せいこく》を射ているにせよ、無終県の令と属吏《ぞくり》が苗曽を助けているとなれば、城内にいる兵は千をかぞえるであろう。するとここでは、一万の兵で城を包囲して攻める、というのが、城攻めの常道《じょうどう》となる。

「たぶん、苗曽は気の小さな男であるのに、おのれを大きくみせようと、気張る型の凡人だろう。威張らせて城外に誘いだせば、一瞬にして城は落ちる」

と、祇登は魔術師のようなことをいった。

「威張らせて、誘いだすか……」

一考した呉漢は、すぐに計略をおもいついたのか、

「ここからさきは、敵の監視の目がある。それを利用すれば、苗曽を誘いだせよう」

と、いい、二十騎を選抜し、

「あとの者は、ここで待機し、城に掲げられた旗の色が変わったら、城にむかって突進せよ」

と、命じた。すなわち呉漢は二十騎のみを従えて城にむかったのである。

当然、急報が苗曽のもとにとどけられた。

「なに、呉漢の従騎は、それだけか。ふむ、この城を攻める気がないとすれば、交渉事か、相談事があるにちがいない。もしかすると、漁陽太守の密使となって、われに降伏の条件を提示にきたのかもしれぬ」

苗曽は気をゆるめた。


（下巻につづく）

『呉漢　上巻』二〇一七年十一月、中央公論新社刊

中公文庫

呉漢《ごかん》（上《じょう》）

2020年1月25日　初版発行
2023年4月30日　再版発行

著　者　宮城谷昌光《みやぎたにまさみつ》

発行者　安部順一

発行所　中央公論新社
〒100-8152　東京都千代田区大手町1-7-1
電話　販売 03-5299-1730　編集 03-5299-1890
URL https://www.chuko.co.jp/

ＤＴＰ　嵐下英治
印　刷　三晃印刷
製　本　小泉製本

Published by CHUOKORON-SHINSHA, INC.
Printed in Japan　ISBN978-4-12-206805-6 C1193

中公文庫既刊より

各書目の下段の数字はISBNコードです。978－4－12が省略してあります。

み-36-12
呉　漢（下）　宮城谷昌光
王莽の圧政に叛旗を翻す武将たちとの戦いの中で、光武帝・劉秀の信頼を得た呉漢。天下の平定と光武帝のためにすべてを捧げた生涯を描く。〈解説〉湯川　豊
206806-3

み-36-10
歴史を応用する力　宮城谷昌光
中国歴史小説の第一人者が、光武帝や、劉邦ら中国史上名高い人物の生涯をたどりつつ、ビジネスや人間関係における考え方のヒントを語る。文庫オリジナル。
206717-2

み-36-7
草原の風（上）　宮城谷昌光
三国時代よりさかのぼること二百年。劉邦の子孫にして、勇武の将軍、古代中国の精華・後漢王朝を打ち立てた光武帝・劉秀の若き日々を鮮やかに描く。
205839-2

み-36-8
草原の風（中）　宮城谷昌光
三国時代に比肩する群雄割拠の時代、天下に乱立する英傑と鮮やかな戦いを重ね、天下統一へ地歩を固める劉秀。天性の将軍・光武帝の躍動の日々を描く！
205852-1

み-36-9
草原の風（下）　宮城谷昌光
いよいよ天子として立つ劉秀。その磁力に引き寄せられるように、多くの武将、知将が集結する。光武帝の後漢建国の物語、堂々完結！〈解説〉湯川　豊
205860-6

み-36-13
新装版　奇貨居《お》くべし（一）春風篇　宮城谷昌光
秦の始皇帝の父ともいわれる呂不韋。一商人から宰相にまでのぼりつめた波瀾の生涯を描く。十五歳の少年・不韋は、父の命により旅に出ることになるが……。
206981-7

み-36-14
新装版　奇貨居くべし（二）火雲篇　宮城谷昌光
藺相如と共に、趙の宝玉「和氏の璧」を大国・秦の手から守り抜いた呂不韋。乱世に翻弄されながらも、荀子、孟嘗君らの薫陶を受け成長する姿を描く。
206993-0

み-36-15
新装版 奇貨居くべし（三）黄河篇
宮城谷昌光
斉と魏の謀略により薛は滅びた。孟嘗君らが作り上げた理想郷・慈光苑に暮らす人々を救い出した呂不韋は、商人として立つことを考え始めるが……。
207008-0

み-36-16
新装版 奇貨居くべし（四）飛翔篇
宮城谷昌光
あれは奇貨かもしれない――。秦王の信を得た范雎の台頭から生じた政変に乗じ、呂不韋は、趙で人質生活を送る安国君の公子・異人を擁立しようとするが。
207023-3

み-36-17
新装版 奇貨居くべし（五）天命篇
宮城谷昌光
民意が反映される理想の王朝の確立を目指して呂不韋は奔走するが、即位したばかりの子楚・荘襄王の思わぬ訃報がもたらされ……。完結篇。〈解説〉平尾隆弘
207036-3

み-36-18
孟嘗君と戦国時代
宮城谷昌光
智慧と誠実さを以て輝ける存在であった孟嘗君を通して、波瀾の時代、古代中国・戦国時代を読み解く。書き下ろしエッセイ「回想のなかの孟嘗君」を付す。
207037-0

み-36-19
窓辺の風 宮城谷昌光 文学と半生
宮城谷昌光
中国歴史小説の大家はなぜ中国古代に魅せられたのか。文学修業の日々とデビューまでの道のりを描く。書き下ろしエッセイ「私見 孔子と『論語』」を付す。
207050-9

し-6-22
古代日本と朝鮮 座談会
司馬遼太郎
上田正昭 編
金 達寿
日本列島に渡来した古来・今来の朝鮮の人々は在来文化に新しい文化と技術を混入していった。東アジアの大流動時代の日本と朝鮮の交流の密度を探る。
200934-9

し-6-23
日本の渡来文化 座談会
司馬遼太郎
上田正昭 編
金 達寿
文化の伝播には人間の交渉がある。朝鮮半島からいくたびも渡来してきた人々の実存を確かめ、そのいぶきにふれることにより渡来文化の重みを考える。
200960-8

し-6-27
韃靼《だったん》疾風録（上）
司馬遼太郎
九州平戸島に漂着した韃靼公主を送って、謎多いその故国に赴く平戸武士桂庄助の前途に待ちかまえていたものは。東アジアの海陸に展開される雄大なロマン。
201771-9

各書目の下段の数字はISBNコードです。978－4－12が省略してあります。

し-6-28
韃靼疾風録（下）
司馬遼太郎
文明が衰退した明とそれに挑戦する女真との間に激しい攻防戦が始まった。韃靼公主アビアと平戸武士桂庄助を軸にした壮大な歴史ロマン。大佛次郎賞受賞作。
201772-6

し-6-29
微光のなかの宇宙 私の美術観
司馬遼太郎
密教美術、空海、八大山人、ゴッホ、須田国太郎、八木一夫、三岸節子、須田剋太——独自の世界形成に至る軌跡とその魅力を綴った珠玉の美術随想集。
201850-1

し-6-30
言い触らし団右衛門
司馬遼太郎
自己の能力を売りこむにはPRが大切と、売名に専念した塙団右衛門の悲喜こもごもの物語ほか、戦国豪傑を独自に描いた短篇集。〈解説〉加藤秀俊
201986-7

し-6-31
豊臣家の人々
司馬遼太郎
北ノ政所、淀殿など秀吉をめぐる多彩な人間像と栄華のあとを、研ぎすまされた史眼と躍動する筆でとらえた面白さ無類の歴史小説。〈解説〉山崎正和
202005-4

し-6-32
空海の風景（上）
司馬遼太郎
平安の巨人空海の思想と生涯、その時代風景を照射し、日本が生んだ人類普遍の天才の実像に迫る。構想十余年、司馬文学の記念碑的大作。芸術院恩賜賞受賞。
202076-4

し-6-33
空海の風景（下）
司馬遼太郎
大陸文明と日本文明の結びつきを達成した空海は哲学宗教文学教育、医療施薬、土木灌漑建築と八面六臂の活躍を続ける。その死の秘密もふくめ描く完結篇。
202077-1

し-6-34
歴史の世界から
司馬遼太郎
濃密な制作過程が生んだ、司馬文学の奥行きを堪能させるエッセイ集。日本を動かし、時代を支える人間の姿を活写しつつ、自在な発想で現代を考える。
202101-3

し-6-35
歴史の中の日本
司馬遼太郎
司馬文学の魅力を明かすエッセイ集。明晰な歴史観と豊かな創造力で、激動する歴史の流れと、多彩な人間像をとらえ、現代人の問題として解き明かす。
202103-7

し-6-36
風塵抄《ふうじんしょう》
司馬遼太郎
一九八六年から九一年まで、身近な話題とともに土地問題、解体したソ連の問題等、激しく動く現代世界と人間を省察。世間ばなしの中に「恒心」を語る珠玉随想集。
202111-2

し-6-37
花の館《やかた》・鬼灯《ほおずき》
司馬遼太郎
応仁の乱前夜、欲望と怨念にもだえつつ救済を求めて彷徨する人たち。足利将軍義政を軸に、この世の正義とは何かを問う「花の館」など野心的戯曲二篇。
202154-9

し-6-38
ひとびとの跫音《あしおと》（上）
司馬遼太郎
正岡子規の詩心と情趣を受け継いだひとびとの豊饒にして清々しい人生を深い共感と愛惜をこめて刻む、司馬文学の核心をなす画期的長篇。読売文学賞受賞。
202242-3

し-6-39
ひとびとの跫音（下）
司馬遼太郎
正岡家の養子忠三郎ら、人生の達人といった風韻をもつひとびとの境涯を描く。「人間が生まれて死んでゆくという情趣」を織りなす名作。〈解説〉桶谷秀昭
202243-0

し-6-40
一夜官女
司馬遼太郎
「私のつきあっている歴史の精霊たちのなかでもいちばん気サクな連中に出てもらった」（「あとがき」より）。愛らしく豪気な戦国の男女が躍動する傑作集。
202311-6

し-6-41
ある運命について
司馬遼太郎
広瀬武夫、長沖一、藤田大佐や北条早雲、高田屋嘉兵衛——人間を愛してやまない著者がその足跡を歴史の中から掘り起こす随筆集。
202440-3

し-6-42
世界のなかの日本
十六世紀まで遡って見る
司馬遼太郎
ドナルド・キーン
近松や勝海舟、夏目漱石たち江戸・明治人のことばと文学、モラルと思想、世界との関りから日本人の特質を説き、世界の一員としての日本を考えてゆく。
202510-3

し-6-43
新選組血風録
司馬遼太郎
前髪の惣三郎、沖田総司、富山弥兵衛……幕末の大動乱期、剣に生き剣に死んでいった新選組隊士一人一人の哀歓を浮彫りにする。〈解説〉綱淵謙錠
202576-9

各書目の下段の数字はISBNコードです。978-4-12が省略してあります。

し-6-44
古往今来
司馬遼太郎
著者居住の地からはじまり、薩摩坊津や土佐檮原などのつやのある風土と人びと――「古」と「今」を自在に往来して、よき人に接しえた至福を伝える。
202618-6

し-6-45
長安から北京へ
司馬遼太郎
万暦帝の地下宮殿で、延安往還、洛陽の穴、北京の人々……。一九七五年、文化大革命直後の中国を訪ね、その巨大な過去と現在を見すえて文明の将来を思索。
202639-1

し-6-46
日本人と日本文化〈対談〉
司馬遼太郎
ドナルド・キーン
日本文化の誕生から日本人のモラルや美意識にいたる〈双方の体温で感じとった日本文化〉を縦横に語りあいながら、世界的視野で日本人の姿を見定める。
202664-3

し-6-49
歴史の舞台　文明のさまざま
司馬遼太郎
憧憬のユーラシアの大草原に立って、宿年の関心であった遊牧文明の地と人々、歴史を語り、中国・朝鮮・日本を地球規模で考察する雄大なエッセイ集。
202735-0

し-6-50
人間について〈対談〉
司馬遼太郎
山村　雄一
人間を愛してやまない作家と医学者がそれぞれの場から自在に語りあう脳と心、女と男、生と死、宗教と国家……。創見と知的興奮にみちた人間探究の書。
202757-2

し-6-51
十六の話
司馬遼太郎
二十一世紀に生きる人びとに愛と思いをこめて遺す「歴史から学んだ人間の生き方の基本的なことども」。井筒俊彦氏との対談「二十世紀末の闇と光」を収録。
202775-6

し-6-52
日本語と日本人〈対談集〉
司馬遼太郎
井上ひさし、大野晋、徳川宗賢、多田道太郎、赤尾兜子、松原正毅氏との絶妙の語り合いで、〈実にややこしい言葉〉日本語と日本文化の大きな秘密に迫る。
202794-7

し-6-53
司馬遼太郎の跫音《あしおと》
司馬遼太郎 他
司馬遼太郎――「裸眼で」読み、書き、思索した作家。人々をかぎりなく豊かにしてくれた、巨大で時空を超える、その作品世界を初めて歴史的に位置づける。
203032-9

し-6-54
日本の朝鮮文化 座談会
司馬遼太郎
上田正昭 編
金達寿
日本文化の源泉を考えるとき、長くのびる朝鮮半島の役割と文化的影響は極めて大きい。白熱の討論によって古代日本人と朝鮮人の交流を浮彫りにする。
203131-9

し-6-55
花咲ける上方武士道
司馬遼太郎
風雲急を告げる幕末、公家密偵使・少将高野則近の東海道東下り。大坂侍・百済ノ門兵衛と伊賀忍者を従えて、恋と冒険の傑作長篇。〈解説〉出久根達郎
203324-5

し-6-56
風塵抄（二）
司馬遼太郎
一九九一年から九六年二月十二日付まで、現代社会を鋭く省察。二一世紀への痛切な思いと人びとの在りようを訴える。「司馬さんの手紙」（福島靖夫）併載。
203570-6

し-6-57
日本人の内と外〈対談〉
司馬遼太郎
山崎正和
欧米はもちろん、アジアの他の国々とも異なる日本文化の独自性を歴史のなかに探り、「日本人」が国際社会で真に果たすべき役割について語り合う。
203806-6

し-6-59
司馬遼太郎 歴史歓談Ⅰ 日本人の原型を探る
司馬遼太郎他著
出雲美人の話から空海、中世像、関ヶ原の戦いの人間模様まで。湯川秀樹、岡本太郎、森浩一、網野善彦氏らとの対談、座談で読む司馬遼太郎の日本通史。
204422-7

し-6-60
司馬遼太郎 歴史歓談Ⅱ 二十世紀末の闇と光
司馬遼太郎他著
近世のお金の話、坂本龍馬、明治維新から東京五輪まで。日本の歴史を追い、未来を考える。大宅壮一、三島由紀夫、桑原武夫氏らとの対談、座談二十一篇を収録。
204451-7

し-6-61
司馬遼太郎 歴史のなかの邂逅1 空海〜斎藤道三
司馬遼太郎
その人の生の輝きが時代の扉を押しあけた——。歴史上の人物の魅力を発掘したエッセイを古代から時代順に集大成。第一巻には司馬文学の奥行きを堪能させる二十七篇を収録。
205368-7

し-6-62
司馬遼太郎 歴史のなかの邂逅2 織田信長〜豊臣秀吉
司馬遼太郎
人間の魅力とは何か——。織田信長、豊臣秀吉、古田織部など、室町末期から戦国時代を生きた男女の横顔を描き出す人物エッセイ二十三篇。
205376-2

各書目の下段の数字はＩＳＢＮコードです。978－4－12が省略してあります。

	し-6-63	し-6-64	し-6-65	し-6-66	し-6-67	し-6-68	た-13-5	た-13-7
著者	司馬遼太郎	司馬遼太郎	司馬遼太郎	司馬遼太郎	司馬遼太郎	司馬遼太郎	武田　泰淳	武田　泰淳
書名	歴史のなかの邂逅3	歴史のなかの邂逅4	歴史のなかの邂逅5	歴史のなかの邂逅6	歴史のなかの邂逅7	歴史のなかの邂逅8	十三妹（シイサンメイ）	淫女と豪傑　武田泰淳中国小説集
副題	徳川家康～高田屋嘉兵衛	勝海舟～新選組	坂本竜馬～吉田松陰	村田蔵六～西郷隆盛	正岡子規～秋山好古・真之	ある明治の庶民		

し-6-63　歴史のなかの邂逅3
徳川家康、石田三成ら関ヶ原前後の諸大名の生き様や、徳川時代に爆発的な繁栄をみせた江戸の人間模様など、歴史のなかの群像を論じた人間エッセイ。
205395-3

し-6-64　歴史のなかの邂逅4
第四巻は動乱の幕末を舞台に、新選組や河井継之助、緒方洪庵、勝海舟など、白熱する歴史のなかの人物エッセイ二十六編を収録。
205412-7

し-6-65　歴史のなかの邂逅5
吉田松陰、坂本竜馬、西郷隆盛ら変革期を生きた人々の様々な運命。『竜馬がゆく』など幕末維新をテーマに数々の傑作長編が生まれた背景を伝える二十二篇。
205429-5

し-6-66　歴史のなかの邂逅6
西郷隆盛、岩倉具視、大久保利通、江藤新平など、明治維新という日本史上最大のドラマをつくりあげた立役者たち。時代を駆け抜けた彼らの横顔を伝える二十一篇を収録。
205438-7

し-6-67　歴史のなかの邂逅7
傑作『坂の上の雲』に描かれたエッセイの正岡子規、秋山兄弟をはじめ、日本の前途を信じた明治期の若者たちの、底ぬけの明るさと痛々しさと――。人物エッセイ二十二篇。
205455-4

し-6-68　歴史のなかの邂逅8
歴史上の人物の魅力を発掘したエッセイの集大成、全八巻ここに完結。最終巻には明治期の日本人から祖父・福田惣八、ゴッホや八大山人まで十七篇を収録。
205464-6

た-13-5　十三妹
強くて美貌でしっかり者。女賊として名を轟かせた十三妹は、良家の奥方に落ち着いたはずだが? 中国古典に取材した痛快新聞小説。《解説》田中芳樹
204020-5

た-13-7　淫女と豪傑
中国古典への耽溺、大陸風景への深い愛着から生まれ、血と官能に満ちた淫女・豪傑の物語。評論一篇を含む九作を収録。《解説》高崎俊夫
205744-9